養生する
言葉

岩川ありさ

講談社

養生する言葉

はじめに

私はいつも死にたかった。だから、生きるために必要な言葉を探しつづけてきた。

この本ははじめ、右に書いた言葉のとおり、私がずっと抱いてきた、この世の居場所のなさ、生きづらさについて、言葉を見出すところからはじまった。現代日本文学の研究者として出会ってきた言葉や物語がいかに自分の生を支えてくれたのか。自分の物語を見つけるきっかけとなったのか。それらについて記録するつもりで書きはじめた。

ちょこんとかたわらに置いて、ヒントになるような養生する言葉を見つけたい。

私は、自分のトラウマについて見つめるところからこの本をはじめたが、すぐに書くことの困難さとぶつかった。トラウマについて書くことはなぜ困難を極めるのか。自分を縛るものが何なのかについて考え、自分を縛る鎖の解き方についても書いた。しかし、こうして書いているあいだに感じたのは、自分が生きられると思える自分自身の養生の方法を見つけることの大事さだった。だから、この本では生活するときにこうすれば生きやすいという工夫についてもまとめている。やり方はひとつではなくて、もがきながら、工夫を続けている人がここにもいると知ってもらえたら、それが一番だと思っている。そのもがき方そのものが何か役に立つかもしれない。

差別や暴力は自分の生を肯定する力を奪う。自己否定の価値観を植えつける。そんな決めつけをする人は、今、生き延びようとしている人の生の根幹を攻撃してくる。食べること、眠ること、自分をいたわること、遊ぶこと、休むこと。これらをしているのが悪いかのように言ってくることすらある。だけど、それをするのは当然の権利であり営みなのだ。生きづらさを抱えている人は、多くの場合、自分が抱えている問題に飲み込まれそうになっている。すると、自分の人生を生きるのではなくて、何かにあわせてしまう。この本では、そうではなくて、自分の生を養い、自分の生を生きようとする日々を全面的に肯定している。

この本は、文芸誌『群像』での連載がもとになっている。どの章からでも読めるし、目次は、気になった項目を見つける索引にもなっている。最初から読んでいくと、トラウマとともに生きる私の変化が見えてきて、こういう生き方もあるのかと思えるかもしれない。この本はひとつの実践なので、どうか、読者であるあなたにとって使いやすいように、生き延びる言葉にするためのヒントにしてほしい。

この本では、私自身の性暴力被害の体験とトラウマについて書いた。女性として生き、トランスする経験をするときの苦しい出来事についても書いた。辛い記憶が喚起されたり、フラッシュバックが起きる人もいるかもしれない。私がそれでもこの本を書いたのは、世界中に自分と似た経験をした人はほとんどおらず、自分の物語がないと思ってきたからだ。物語が見つからないと、自分の経験を把握することや表現することは困難になる。けれども、本当はたくさんの物語がこれまでにもあったことを知ることで、私は何とか生きてきたのだ。自分のために書いた物語が、もしかしたら読者であるあなたに響く部分があるかもしれない。

自分のペースで読み、苦しかったり、無理だと思ったときにはどうか休んでほしい。

自分をいたわり、大切にしながら、読んでほしい。

養生することを後ろめたく思わせるような社会を変えたい。みんなが、大切な人生を生きている。だから、それを壊さないようにする。その前提に立てば、世界のあり方は変わると信じている。だから、そんな世界をつくる養生する言葉をこの本では見つけたい。あなたに伝わることを願っている。

目次

1

「私」の物語を探しに

名前をめぐる物語

私が今の人生をはじめるようになったときの名前をめぐる物語を話してみよう。この話をするのは、何よりも、「私」の物語を探すとき、はじまりになっている光景であり、出来事だからだ。

二〇一九年、戸籍上の名前を変えに家庭裁判所に行った。これまでの通称名の使用実績が鍵になるらしいと友人から聴いたので、年賀状、手紙の束を鞄いっぱい持って行った。私は合皮の硬い長椅子に腰掛けて、名前を呼ばれるのを待った。呼ばれて入った小さな部屋には、私の話を聴き、その内容を裁判官に伝えてくれる参与員という人がひとりいるだけだった。私を急かすでもなく、温情をあたえるでもなく、息をひそめて待っている。きっと何度か改名に立ちあったことがあるのだろう。私が書類を書き終えると、参与員は書類に目を通す。

決まりごとのように参与員は、「名前を変えると、もとに戻したり、別の名前にすることはなかなかできないですが、いいですか?」と尋ねた。名前に右往左往してきて、結局、また、名前に縛られるのか。そんな思いもした。しかし、私は自分が新しい名前で生きることでしか、これから先の人生を生きられないと思ったし、この選択がとても素晴らしいことだと思った。手続きの最後に、参与員が、「あなたにとって、いい名前になりますように」という言葉をかけてくれる。朴訥だけれども、心からの言葉で、私は報われたような気になる。

しかし、それから、パスポート、運転免許証、健康保険証、銀行、電気、ガス、水道など、怒濤のような名義変更の手続きが待っていた。生まれたときにつけられた名前を変えるのは本当に茨の道だ。法律や制度がどれだけ高いハードルを課しているのか、身に染みた。そう考えると、別の問題でありながら、選択的夫婦別姓などとも強くつながっている問題だということがわかってくる。民法のあり方や戸籍制度を問う必要が出てくる。名前をめぐる物語は自分ではない誰かの物語と響きあう。

私は名前を変えるまでに通称名として長く今の名前を用いてきた。両親ともよく話して、自分の名前を変えることにお互いに納得できる時間をつくった。だから、名前を変えたとき、父はあまり何も言わなかったし、母は私の名前を祝ってくれた。

二〇二〇年になって、母と父と会うことができなくなってしまった。見えないウイルスが私たちを隔ててしまった。年老いた母と父に何かあってはならないと尻込みする。毎日、感染者数と死者の数が増えてゆく。誰を憎めばいいのか、何をすればいいのかがわからなくなってしまう。鬱々とした気分がつのってゆく。そうしているうちに時間だけが過ぎてしまう。あと数年で、母が八〇歳になろうとしていることに気がついて、私はとり返しがつかないことをしてしまったような後悔をおぼえる。私が半ズボンをはいて、黒いランドセルを背負っていた頃のことを知っている母に会いにゆくのをためらったからだろうか？

何千回も、何万回も、母は私の名前を呼んできただろう。産着を着せながら、ゆりかごであやしながら、母は私の名前を呼んできた。大きくなってからも、何度も呼んできた。私がこの名前を使わなくなるよりも、はるかに長い時間、母はこの名前を呼んできたのだ。母は私の名前と小さな歴史をつくってきた。私はそのことを考えて、また、尻込みしてしまう。

母の近くに住んでいる姉は母の変化を間近で見ている。送られてきた写真を見るたびに、たしかに母は小さくなってゆく。老いの気配だ。それを見てすら、私のためらいは減らない。昔と違う自分を見られることが気恥ずかしい。性別を変えてゆく自分の存在が愛されなかったらと思うと、怖い。コロナ禍というのは誰もが同じように大変だった。そして、誰もが違うふうに大変だったのだと思う。私は、トランスする時期を経て、母や父とたくさん話す時間を持てるはずだった。だから、この時間を失ってゆく怖さを感じていたのだ。

生まれたときにあたえられた性別とは違う人生を歩むとき、名前は私を傷つけた。病院や役所で、本人かどうか疑われては、何枚もの書類を出さなければならないこともあった。選挙に行ったら、入り口でとめられた。海外に行ったときにも、パスポートに疑問符が突きつけられた。博士論文を戸籍名でしか出せないと言われたこともあった。名前と性別から逃れることの困難さがずっとつきまとってきた。ほかの人がすっと通れる場所を通れないことが多かった。私はこんな経験をトランスジェンダーの人にしてほしくないと思う。不要な苦しみはないほうがよいのだから。

コロナ禍がはじまって二度目の誕生日。母が、私の新しい名前を最初に書いて、「お誕生日、おめでとう」というメールを送ってくれた。思いもよらない母からの呼びかけに、私は思わず涙を流していた。私の名前は誰かに呼ばれてはじめて名前になるとそのとき思った。私はようやくそこで生まれる。私はこの名前で呼ばれる歴史を母ともつくりはじめたのだ。そして、ほかのたくさんの人たちともつくってきたのだ。トランスジェンダーの人の生は、突然、「自称」ではじまるのではない。自分が自分をどう認識するか考えて、こう生きたいと思う。他者との関係をつくる。その過程がしっかりとつくれるようになるには、差別したり、偏見まみれで、トランスジェンダーの人たちを見るのをやめるところからはじめることが必要だろう。自分の人生をどう生きるか、他者とどう生きるかがトランスする過程には含まれているのだから。

この世界に私は自分の名前で参加してゆく。私はふたつの名前で生きてきた。今後、一方の名前を私が名乗ることはないし、誰かがデッドネームをいうことはやめてほしいと思っている。だが、そのどちらの名前も大切で、私の人生をかたちづくっている。

どちらの名前もよかったと終わりたいのではない。

生まれたときにつけられた自分の名前がトラウマを引き起こすことがありうる。だが、名前を変えることで動きだす物語もある。そして、名前を変えることの困難さがこの社会にはある。社会の中で名前が持っている威力を知る。私の経験はそのような名前の変遷を示している。

でも、本当は、名前と関係性をつくるには長い時間がかかるのではないだろうか。みんな、こんなふうに自分の人生には歴史があるのではないか。生を養うにはとても時間がかかるし、それを省略したり、急かすのではないような世界を私たちはもっと強く求めてもいいのではないだろうか。

これは短い言葉で書いた私の名前についての物語。

誰もがこんなふうに自分の物語を持っている。そして、それはとても複層的なのだ。

小松原織香『当事者は嘘をつく』

私は、この本で自分のトラウマについて語っている。しかし、自分のトラウマ的な経験について語るとき、いくつかのおそれが生じる。たとえば、自分の物語を信じてもらえるのかというおそれである。

トラウマとはあまりにも衝撃的な出来事を経験したときに生じる精神的な外傷のことを指す。衝撃的すぎるために言語化することもできない。命を落とすかもしれないような出来事を生き延びた経験であり、言葉にすることは困難を極める。心の傷を引き起こした出来事の記憶は潜伏して、その人に影響を及ぼしつづける。

私は、自分のトラウマについて書きながら、語れてしまうことはトラウマのこの性質と矛盾するのではないかと思ってきた。けれども、小松原織香の『当事者は嘘をつく』(筑摩書房、二〇二二年)を読んで、私は自分が語りはじめたことの意味をすこしつかめた気がした。

『当事者は嘘をつく』は、小松原自身が性暴力被害の経験について語りながら、自分は嘘をついているのではないかというおそれがあり、それでも自分の言葉や物語を信じてほしいと願う心の動きを葛藤も含めて書いた本だ。『当事者は嘘をつく』のなかで印象的な言葉がある。

この本が公刊されることは、新しい語りの型を、次に生き延びる人のために提供することでもある。それは、もっと自由で流動的な誰かの自己を、狭い型にはめてしまうことかもしれない。

でも、その窮屈な型を破って、新しい型を生み出すサバイバーがきっと出てくる。私の語りの型は、誰かの生き延びるための道具となり、破壊され、新しい型の創造の糧《かて》になる日を待っている。

（『当事者は嘘をつく』、一九九〜二〇〇頁）

この言葉は、自分のトラウマについて書いているときの私の気持ちと重なっている。私が語ることができるまでには、自分よりも前に生きた人たちの語りがあった。それを受けとめて、私は語るすべをえた。また、私のたどたどしい言葉を聴いてくれる人たちがいた。それは自助グループの仲間たちや友だちだったりした。私はそのなかで自分に起きたことを語りなおし、その度に泣き崩れた。それを支えてくれる仲間ができてきた。その繰り返しがあった。

だが、書き言葉になって、地ならしされると、物語として単純化されないだろうか？　修飾語が過多になったり、言葉が足りなかったりするのではないか？

さまざまな迷いがあった。だが、私が自分のことについて書きはじめた時期は、トランスジェンダーの人びとへの差別が増してくる時期とも重なっていた。トランスジェンダーの人びとへの偏見を広げたり、差別する言葉によって、トランスジェンダーで性暴力のサバイバーである私自身の生が毀損されたと感じたし、ほかにも苦しんでいるトランスジェンダーの人たちは多かった。このまま、この差別をないことにして、何かを書くことはできないと思った。SNSでのトランスジェンダーへの攻撃はひとりひとりの人が生きてきた歴史や物語を徹底して破壊し、たったひとつのトランスジェンダーという属性に還元してしまう暴力を含んでいる。私は、ジェンダーをめぐって、多様な経験をしてきたり、している人たちの語りをちゃんと聴きたいと思った。

規範的な性、身体、欲望のあり方を問うクィアな人びとの生存はいかにして可能なのか？そのさいにフェミニズムからもらったたくさんの言葉も参考にした。だが、フェミニストのなかにも、「生物学的な性」しか認めないという人があらわれた。女性でトランスする経験を持ってすでに生きている人までも、「女性として遇さない」という人びとまで出てきた。しかし、人がほかの人をどう扱うか決めることなどできるだろうか？　自分ではない他者の生を決めつけたり、単純化してジャッジしたりすることは許されない。人権の原則に照らせば、誰かの「処遇」を決める権利など誰にもないはずなのだ。

入れるトイレが少ない。性別を記入する履歴書を使うことが苦しい。パスポートや健康保険証の性別欄に躊躇する。男性用のスーツを着なければならないので、就職活動をあきらめる。そんなことでつまずくのかといわれそうだが、私にとっては人生を左右するような一大事だった。トランスジェンダーで性暴力のサバイバーであること。このふたつが重なっている私は、自分の言葉が届くかいつも心許ない。トラウマの語れなさに苦しみ、トランスジェンダーへの差別に苦しみ、さらには性暴力サバイバーの言葉が軽視され、聴いてもらえないことに苦しむ。そんな現在の中で、小松原が『当事者は嘘をつく』で書いているとおり、「私の話を信じてほしい」という言葉を発するのは恐ろしいことである。

信じないといわれたとき、私の物語は瓦解してしまうかもしれない。

こういうとき、私は、語ることと同じくらい、聴き手の存在が大事になると思う。トラウマ的な苦しみの体験は、聴かれなければ、ないものにされてしまう。小松原は、研究者としての自己と当事者としての自己のあいだで苦しみながら、『当事者は嘘をつく』という本を書いた。私はその言葉に力をもらった。だから、本書『養生する言葉』では、今まで書けずにいた物語について書いてみたくなったのだ。

「物語」と「論」

ひとりの人の生のなかには複数の物語があり、層になって、その人の歴史をかたちづくっている。ときに、国家などの強力な物語が前景化することも多いが、私が惹かれてきた文学や文化が垣間見せてくれるのはひとりひとりの物語のかけがえのなさである。奪われてはならない。壊されてはならない。そのことを教えてくれる物語ばかりだ。

だが、小さな言葉から生まれるとしても、物語というのは実はとても大きな営みだ。普段からよく物語という言葉を用いるし、私たちの多くは物語を楽しむ。しかし、物語には強い拘束力と呪縛が潜んでおり、自分を縛りつける枠組みともなる。人びとを強く束ねて、ほかの生き方を許さないような物語はたくさんある。だが、不思議なことに、物語は、自分の生を規定しようとする力に抗い、自分を支配する物語をときほぐす働きも持っている。私が物語について研究しているのは、物語の拘束力をときほぐす働きがつねに生じていることに惹かれたからだ。

抗えないように思う支配的な物語を問いなおしたり、ときほぐしたりする物語が、この世界にはある。それは本当に微細な物語で、今はまだ少ないのかもしれない。しかし、書き手は確実に増えてきており、今後、さらに必要とされるだろう。トランスするなかで見た世界は生き生きとしている。その世界を描きうる言葉がもうすぐ見つかる。同時に、すでにある物語やヒントに力をもらおう。私はそうした物語を養生する言葉として捉えてみたい。

精神科医の神田橋條治は独自の精神治療法を編み出し、多くの著作がある。そのなかで、生きるための「ヒント」がつまった『心身養生のコツ』（岩崎学術出版社、二〇一九年）を私は何度も読み返す。独創的、かつ、ＤＩＹ（ないならつくってしまえ）という雰囲気が心地よい本だ。そのなかで神田橋は次のように書いている。

「養生論」は昔からありましたし、現代でもいろんな人々が書いたり語ったりしています。ボクは「論」を好きでありません。論は、正しいか誤りかと考えます。正しいものを残し正しくないものを蹴飛ばす動きを生みます。そうなると、人の心身すなわち「いのち」の柔らかさや「人はそれぞれ」という、曖昧な考え方を貶したり、のびのびした動きを妨げたりします。ですから、「論」に親しみ「正・誤」の仕分けを熱心にすると心身が固くなり、養生から遠くなります。

（『心身養生のコツ』、一九頁）

神田橋は、「論」が持っている「正・誤」を判定するような考え方は「ひやり」とするという。たしかに、「曖昧」なことや細部まで含めて言葉にしなければ、のびのびした言葉の働きは起こらない。では、神田橋が好むのは何か。それは「物語」だ。神田橋のいう「物語」はちょこんと置く「ヒント」のようなもの。「論」のように、「正しい・正しくない」を決めようとしたり、「読み替えを許さない雰囲気・フィーリング」が生じたとき、「いのち」は「ひやり」とすると神田橋はいう。他者を一撃で突き崩そうとし、あざけるような「論破」という言葉もある。しかし、それはまぎれもなく、「論」である。「ひやり」とする。

私が、今、探したいのは、ちょこんとかたわらに置いて「ヒント」になるような「物語」だ。この時代に、この社会で、傷つく経験をしてきた人たちがふっと生きられると思える物語を私は思い描いてみたい。生まれたときにわりふられたのとは異なる性を生きてきた私は、これまでどれだけ、自分のものだと思える物語に出会えただろう。いくつもの苦しみや怒りを持ちながらも、ふわっと心が躍るような物語を見つけてみたい。切れ味を求めて論破する意味での「論」は嫌いだ。でも、この世界のあり方を解明するという意味での「論」が私は大事だと思っている。そして、それらとは違う「物語」の可能性も私は信じている。

物語と出会うと、自分の感情を知ることができる。何か違和感がある。悔しい。こぶしを握りしめる。そういうときにそばにいてくれる言葉。

別の見方がある、別の社会がある、今のままではない時代を必ずつくれるといってくれるような言葉。そこから力をえて生きられるようなちょこんと置かれた言葉。

死なないようにしたいという思いから、生きづらさのなかで見つけた、生を養う言葉は、自分をいたわり、生きていてもいいと背中を支えてくれる。そして、私は、明日も生きて、自分以外の誰かがこんな思いをしない世界になるようにしたいと願う。私がほしいのはそんな養生する言葉だ。お守りのようにして懐に入れておくだけでも、人生はずいぶん違う。ささやかだけれど、ささやかだからこそ、光る言葉がこの世にはある。

この本で紹介するのは、そんな養生をめぐる物語であり、知恵である。

2

トラウマとともに生きるということ

これは加害だったと知る

毎月一度、カウンセリングに通っている。

私は一二歳のときに図書館とその近くのユニバーサルトイレ（当時の障害者用トイレ）で性暴力を受けた。ネルシャツを着た男からの性暴力は挿入を含んでいて、連れ去られるときには背中に刃物を突きつけられていた。春のうららかな日だった。その日、私は青い鳥文庫の『アラビアンナイト』を借りようとしていた。このシリーズが大好きで、いつも読んでいた。

ふと、大人向けに書かれた『アラビアンナイト』を読んでみたいと思って、書架を移動した。何と声をかけられたのかは思い出せないが、人の気配のないエレベーターホールに連れ出された。そこで性器を触られた。私は、「殺さないでください」と繰り返し口に出した。エレベーターがくるのがわかって、そちらへ逃げようとした。けれども、体は動かなかった。刃物というのは強力なもので、それがあるだけで、縛りつけられたようになる。そのときの凍りついたような感覚は、その後も、私の身体感覚を支配しつづけた。首筋から背中にかけての感覚が自分のものではないような気がし、背中から刃物で刺し貫かれる恐怖が、道を歩いているときであれ、人と話しているときであれ、眠ろうとするときすら、ずっと残りつづけた。監禁されたことがある、ほかの人の物語を読むとよく似ていた。私は、一時間か二時間のあいだ、自分の生殺を他者に委ねなければならなかった。乞うようにして、「殺さないでください」と呼びかけ、生きたいということだけを願った。

私は、その後、図書館がある広い公園の中央の池（ボートなども漕げる大きな池）のそばにあるユニバーサルトイレに連れてゆかれた。三月末だったので、ゆるやかにくだってゆく坂道から見える常緑樹は、陽に照り映えて、美しかった。しかし、つねに背中に刃物が突きつけられていた。剝き出しにしているわけにもゆかないから、多分、何かで隠していたのだろう。しかし、何度も背中に刃物の先があたる。あたらなくても、背中の一点に突きつけられた部分だけ、この世のものではない不思議なほど鋭利な感触がある。死への穴のようにして、物理的な法則では測れないような空間が足もとに広がる。何かの拍子に刃物が刺さると、内臓まで達するような位置に刃物がずっとある。生と死のことを思わずにはいられなかった。緑が豊かに揺れて、男は、「歩け」と告げる。高圧的ではなく、簡潔な声だったのを憶えている。

そのあいだにも、刃物の先端が刺さりそうになる。私は完全に自分の中から意識が抜け出して、外側からこの状況を見ている状態になった。その後も、トイレに這いつくばったり、性的なことを強要されたり、酷いことは続いた。一二歳の子どもには、今されていることが何なのか、うっすらと伝わってはくるが、具体的なことは理解不可能な行為ばかりだった。肛門に射精され、解放され、自分の体の中から出てきたのか、何なのかわからない液体を肛門から出そうとして、近くの別の公衆トイレに入った。ティッシュペーパーで拭きとってみると、白い液体。膿が出てきたのかと思った。自分が腐って、崩れ落ちる姿が思い浮かんだ。自分の身に起こったことがわからない。けれども、このことは誰にも言わないで生きなければならないと思った。この世界は安全ではない。地べたに這いながら、暗いトイレの個室で見たのが私の「原風景」になった。ずっとこれまで、この視点でしか世界を見られないで生きてきた。ふとした拍子に記憶は蘇るから、体の感覚をシャットダウンして、ただ生きるためだけに日々を生き延びた。それから二〇年経ち、トラウマについて学ぶようになってから、ようやく自分に何が起きていたのか、少しだけ理解できるようになった。

私は、一〇年くらい、トラウマについての文章を書いてきた。けれども、カウンセリングにゆくことは怖くて避けていた。それが、二〇二二年一〇月に、『物語とトラウマ――クィア・フェミニズム批評の可能性』（青土社）という、自分の経験と響かせた文学研究書を完成させたとき、一度、自分に起きたことと向きあおうと決めた。どうして自分には生きることが難しいのか、切実に知りたくなった。

第一回のカウンセリングで大きな変化が起きた。加害について知ったのだ。カウンセラーの先生に自分に起きた性暴力について話すなかで、「性暴力は誰にでもよくあることなのだと思っていました。自分は、その頃、男の子と思われていましたし、それを加害といってもよいかわかりませんでした」と私がいうと、「それは加害です」と先生ははっきりと答えてくれた。表情も含めて、全身で、私に起きた性暴力は許されないといっている。私は被害を受けたことに気がついた。加害者がいたことが自分の中でようやく明らかになった。カウンセラーの先生が、「警察がきて、あたりを捜査するくらいの大ごとですよ」とも話してくれ、自分の中で押し殺せばよいと思っていたすべてが暴力だとわかった。私は、このカウンセリングを受けるまで、トラウマについて学んでいたのに、自分は被害者のなかには入らないのだと思い込んでいた。

なぜかと考える。

生まれたときにわりふられたのとは違う性で生きる人の被害はとにかく可視化されにくい。自分の「傷」について話していいのか、まずそこから迷ってしまう。どうせかえりみてくれる人はいないだろう。これまでにもほとんど見向きもされなかったのだし、これからも尊重されることはないだろう。そういうあきらめから入ってしまう。

ただし、注意しなければならないのは、トランスジェンダーの人びと、ノンバイナリーの人びとはもちろん、セクシュアル・マイノリティの人びとは、性暴力について語ってこなかったのではなく、これまでにもさまざまな場面で語ってきたということだ。マスメディアだけではなく、自助グループ、同人誌、ＺＩＮＥ、小説、詩歌、パフォーマンス、院内集会にいたるまで、さまざまな時代、さまざまな場所で、性暴力について語ってきた。根気強く活動している団体もある。私のあきらめをふりほどいてくれるのは、私よりも先に生きた人たちの声や叫びや言葉や物語だ。生きるためにそっと隣で寄り添ってくれる気配がそこにはある。

大きな言葉、強い言葉ではなく、自分をねぎらい、心のエネルギーを増やしてくれる言葉が人生には必要だ。そこから力をえて生きられるようなちょこんと置かれた言葉。それを私は養生する言葉と呼んでみたい。生きるためのヒントとなる言葉、生きることを養ってくれる言葉はきっとあなたの背中を支えてくれるだろう。そして、養生とはいつもこの社会の中で行うものだということについてもこの本では話してみたい。

さまざまな生きづらさを抱えた人びとは生を養うために毎日の生活のなかで色々な工夫やコツを見つけてきた。お腹が空いたらごはんを食べること、怒りが込みあげたら、誰かと話すこと、さみしいときにはさみしいということ、疲れたら休むこと、温かくしてあげること、自分をいたわってもよいと知ること。たとえば、これらは自助グループなどで培われてきた大事な知恵だ。それにくわえて、私は自分では気がつかなかった自分に、様々な物語を読むことで気がつくことがある。それならば、こうした知恵のひとつに、物語を読んだり、物語を共有することも含まれるのではないか？

出会った物語が自分の生を支えてくれるかもしれない。その可能性を私は知りたい。自分の想像力を羽ばたかせて、トラウマの重力を振り払ってくれるような言葉や物語を見つけられたら、それは生き延びるための翼になる。

大江健三郎『臈《らふ》たしアナベル・リイ』
（『美しいアナベル・リイ』）

私の背中をずっと支えてくれている小説のひとつに、大江健三郎の『臈たしアナベル・リイ総毛立ち身まかりつ』（新潮社、二〇〇七年）がある。文庫版以降は『美しいアナベル・リイ』（二〇一〇年）と改題されたが、本書では、私がはじめて読んだときの思い入れがある題名『臈たしアナベル・リイ』と呼びたい。

　大江健三郎は、一九三五年に愛媛県喜多郡大瀬村（現在の内子町大瀬）に生まれ、詩的な想像力で多くの小説を書き、新しい世界文学をつくった作家のひとりである。二〇二三年三月三日に八八歳で亡くなった。私は、生き延びるための手がかりという視点から大江の文学を読んできた。そして、そのなかに暴力への対峙と解放が描かれている大江の文学を、性暴力を被ったトランスジェンダーの女性の読者として捉えかえそうとして研究を続けてきた。

　二〇一〇年、大学院修士課程の頃に、『臈たしアナベル・リイ』を読んだとき、私は、性暴力の被害に苦しみ、その後、サバイバーとして尊厳を持って生きた主人公のサクラさんの姿に強く惹きつけられた。サクラさんのように私も生きられるかもしれないという予感が生まれた。私はその予感から出発して、何度もこの小説を読みつづけた。

　東京大空襲によって、「十歳のみなしご」となった主人公のサクラさんは、ＧＨＱの情報将校デイヴィッドに庇護され、やがてデイヴィッドと結婚する。しかし、物語が進むと、サクラさんは、幼い頃にデイヴィッドから性的暴力を受けていたことがわかる。大人になってから、その時のことを記録した映画を見せられ、サクラさんは深い心の傷を負う。その後、サクラさんは、女性たちのネットワークや女性たちが悲嘆を伝える表現をとりいれることで、自らの映画を撮影し、回復の道筋をたどる。この小説を読んだとき、私の周りにいて、本当にさりげなく自分を支えてくれている友人や知人たちの姿が浮かんできた。煽りたてず、急かさず、ときには、たしなめたり、叱ったりもしてくれる彼女たちの存在はどれほど心強かっただろうか？私にはほかに表現の方法がなかったから、言葉で書くことで、回復の道を探そうと決めたのも、大学院のこの時期だった。私にとって、『臈たしアナベル・リイ』は自分が生きなおすための指針となったのである。

ビデオ・カメラは、紅葉の色濃く照り映える林に囲まれた、女たちの群集に分け入る。サクラさんの嘆きと怒りの「口説き」は高まって、囃しに呼応する人々は波をなして揺れる。その声と動きの頂点で、沈黙と静止が来る。「小さなアリア」がしっかりそこを満たすなかに、サクラさんの叫び声が起り、音のないコダマとして、スクリーンに星が輝やく……

（『大江健三郎全小説9』講談社、二〇一九年、五九三頁）

私のトラウマからの回復のイメージはほとんどこの場面に凝縮されている。幼かったサクラさんは、薬で眠らされているあいだに、のちの夫になるデイヴィッドによって、「「アナベル・リイ映画」無削除版」と作中で呼ばれているフィルムを撮影される。そのフィルムにはデイヴィッドによるサクラさんへの性暴力が映っている。それだけではなく、デイヴィッドはフィルムの編集作業を行い、性暴力という出来事を自分の都合のよいように加工して、少女の「鎮魂」の物語として美化している。多くの加害者が行うのはこのような美化の作業なのではないか？　私は自分の経験と重ねて、加害者がどれだけ自分が正当であるという顔をするのかを思い出した。

おとなしそうな子どもだった。誘っているようだった。自分は「清らかな心」で性的な行為をした。デイヴィッドの映像加工にはそれらの「自己欺瞞」がすべて詰まっている。大人になってからも、サクラさんは、デイヴィッドによって記憶を操作され、洗脳されてきたという。

私は、この場面を読みながら、加害者がいかにして被害者を「客体／モノ」にするのかの過程をまざまざと見た気がした。「『アナベル・リイ映画』無削除版」には、幼い頃のサクラさんにデイヴィッドが行った性暴力について、次のような描写がある。

とても苦しい場面なので、読むのが辛い場合はどうか無理をしないでほしい。

痩《や》せた下腹部から腿《もも》が、スクリーンいっぱいにクローズアップされる。それはスカートをはいていないが、記憶にあるとおり右足を外へ曲げて、股間に黒い点をさらしている。そして黒い点は、穴そのものとなる。そこに太い拇指《おやゆび》がこじいれられる。

（『大江健三郎全小説9』、五六九〜五七〇頁）

この場面から読みとれるのは、デイヴィッドが行ったことはサクラさんへの暴力であり、デイヴィッドがどれだけ自己欺瞞に陥り、自分の行為を美化しようとも、言い訳は不可能であるということだ。「穴」という、語り手の「私」の言葉からもわかるように、デイヴィッドはひとりの少女を身体の部分に還元して見つめている。「スクリーンいっぱいにクローズアップされる」という言葉が示すように、カメラの視点は、この少女を部分に細断して表現し、一方的に描かれる「客体／モノ」にしてしまう。

私が『藺たしアナベル・リイ』を繰り返し読むのは、そこに救いがあるからだけではない。性暴力が起こるのはなぜなのか、加害者の視点がどうなっているのか、忘却がどのようになされるのか、「真実」を知る／知らせるとはどういうことか、回復するというのは何をもってそういえるのかなどの重要な問いがすべて描かれているからだ。

サクラさんは国際的に知られる俳優であり、やがて、自分の映画をつくる。ラストシーンでは、「嘆き」と「怒り」に声をあげた女性たちによって、そこに自分たちは存在するのだというように、「波」のような「揺れ」がわき起こる。サクラさんは、自分の身に起きた、性暴力という出来事に抗い、声をあげる。さらに、その声は、「音のないコダマ」となり、「スクリーン」に「星」として「輝やく」。ここまでくると、「スクリーン」はもはやサクラさんを一方的に「客体／モノ」としては描かない。たしかに生きて、成長し、尊厳を持って成熟した女性としてサクラさんは「スクリーン」に登場する。『藺たしアナベル・リイ』という小説は、「映画の力」によって、サクラさんが「自分の視点」をいかにして回復するのかをめぐる物語としても読める。細分化されて、「客体／モノ」化され、映写される一方だった自分の「総体」をサクラさんは回復しようとしたのだと私は受けとった。

サクラさんの経験は、痛みに満ちているし、目を背けたくなる。それでも、私にはこの場面を見つめるよりほかに自分を知るすべがなかった。ひとつの物語のなかで展開されるサクラさんの経験と生還が私に起こった出来事と響きあう。この響きあう場所を増やしてゆくことが、トラウマを知ることに繋がるのだと私には思えてならない。自分ではそれが何かわからないでいるのが、トラウマの特質なので、他者の経験が自分の物語を思い出させてくれる。傷つき、苦しい物語を語った誰かの声を光にして、私は自分の身に起きた被害や加害のありように気がつき、自分の生を生きはじめる。

傷はここにあった

私は一二歳のとき、性暴力にあってすぐに、このことは、一生、誰にもいわないで生きることに決めた。「恥」の感覚だったのか、社会のなかでこれはいってはいけないことだと感じていたのか、今もまだ自分のなかで答えが出ないままでいる。三〇歳になる頃まで、ずっと黙ってきた。そして、今も、これだけ性暴力について書いているのに、私は沈黙を破ることができないでいる。こういうと、驚かれるかもしれないけれども、私は今、書きながら、語りながら、不思議なほど沈黙している。

二〇二二年九月に開始したカウンセリングのなかで、はじめて加害者があらわれた。私は被害がどのようなものであったのかについては異様に鮮やかに憶えていて、ずっとその記憶と二重写しのような人生を生きてきた。しかし、加害者のことについては考えられずにきた。私は加害者に支配されていた。べったりと絡みついたまま、その人はいつも私の隣にいた。それは、ある意味、ずっと加害者と一緒に生きてきたということでもある。

自分のなかでどのような記憶の機制が働いているのか？　あるいはこの機制によって何とか防御されてきた感情や尊厳もあったのか？　完全な被害者としてだけそのときの光景を見ていた頃には、被害を受けたときのひとすじの道があって、被害者の物語として整合性がとれていた。しかし、加害者があらわれたとき、加害者の側から見た自分を想像してしまう。これは恐ろしいことだった。そして、おそらく、私はただの数ある犠牲者の子どものひとりにすぎない。その事実が私を押し潰してくる。私は感情や人格を持った人であることを許されなかった。そのときの自分にすぐ戻ってしまう。私はまた「客体／モノ」になる。

図書館の書架で、この人はなぜ私に声をかけたのか？　少し笑っていたのはなぜか？　刃物が突き刺さると人は死ぬとわかっていたのか？　どこで生まれて、どこで生きてきたのか？　その日、どうやってこの場所にきたのか？　歯の形や唇の感じ、ひげの生えかた、口のまわりのしわまで思い出せる。くすんで乾いた肌だが、色白だったこと。切りそろえられた黒い前髪。耳。それらは、写真を見るようにはっきりと思い出せる。なのに、顔の真ん中が思い出せない。いずれにしても、加害者の側から私を見る視点で、あの日の道筋をたどり直すとき、私は再び無力な子どもに戻ってしまう。「また、はじめからか」と長い道のりの最初に立ちつくしてしまう。しかし、これまでの人生でわずかに学んだのは、ここで急いではいけないということである。

三〇年かけて形づくってきた自分のトラウマとの接し方を解きほぐすのに、一気に変化を与え、説明を与え、ひとつの整合性のある物語にしようとすると、心身に大きな負荷がかかる。私は、鬱の時期が長くて、人生にブランクが多かったので、急いで生きてきた。体の感覚をなくしていた。人間関係も急ぎすぎて、大きな間違いをしたり、ほかの人を傷つけてもきた。そして、自分自身に配慮することをも忘れていたのだ。

今がタイミングなのか？

このペースで回復を進めてよいのか？

トラウマとなった記憶と向きあう準備はできているのか？

自分は耐えることができるのか？

これらを自分自身と相談しながら、進めようと思っている。

このように、自分に対して丁寧に接するようになったきっかけも、やはりカウンセリングだった。カウンセリングで、「過食が治らない」という話をしたとき、カウンセラーの先生から、「過食はどんな助けになっていたのでしょうか？」という問いが返ってきた。私は驚いた。先生の問いかけで、「病」としてのトラウマ――負のものとして自分の人生から切り離し、忌むべきものとしてのトラウマ――のイメージが大きく切りかわった。トラウマも、症状も、私と共にいて、私を守ってもくれるものだったのか。私はようやく、傍らにいた傷と出会いなおす。

傷を負うことになった出来事や加害者のことを許す必要などまったくない。けれども、加害者に自分の人生をくれてやる必要はもっとないのだ。三〇年間、傷はここにあった。私はその傷をようやく認めた。一緒に頑張ってきたねとはじめてその傷に触れてみた。「自分の視点」から傷を見た。ひとつひとつの部分を検討して、いたわる。もつれあっているところを解きほぐしてゆく。その作業をようやくはじめることができるようになった。

私の視点にはこれまで全体像がないままだった。それは断片化されたままで生きてきたからだ。性暴力を受けたときの映像——異様に鮮明な映画のようでありながら、コマおくりで見ているような気持ち悪さがあり、部分部分がフラッシュバックして生なましくて、全体像が見えないままでいた映像——が、ふっとその「総体」として姿をあらわしはじめた。

被害を受けていたときの私は「部分」であった。自分というものがなくなっていた。それが、「自分の視点」から見てみると、自分が肉を持っていたことに気がつく。血を持っていたことに気がつく。息をしていたことに気がつく。そのときの感情に気がつく。外部のあらゆるものと繋がっていた自分に気がつく。断片化された手、半ズボンからのびた足、「殺さないでください」という声。それらが総合されて、「総体」としての自分がそこにはいたのだとようやく理解できる。性暴力からのサバイバーの手記や体験談を読んだり、聴いたりするとき、近い感覚を見つけることがあった。その感覚を私は自分のなかに見つけた。傷はここにあった。そう認めることができた瞬間だった。

トラウマをめぐる自分との対話

二〇二三年のはじめ、『大江健三郎全小説全解説』（講談社、二〇二〇年）、『大江健三郎の「義《ギ》」』（講談社、二〇二二年）などの著書で知られる尾崎真理子さんから、ジェフリー・クロシック、パトリツィア・カジンスカ『芸術文化の価値とは何か——個人や社会にもたらす変化とその評価』（中村美亜訳、水曜社、二〇二二年）という本を紹介してもらった。イギリスの政府機関である芸術・人文学研究会議が立ちあげた〈文化的価値プロジェクト〉。そのプロジェクトが、七二にもわたる研究課題について、独自研究、文献レビュー、ワークショップを二〇一二～一六年に行い、その成果・報告をまとめた一冊である。尾崎さんが私にこの本を教えてくれたのは、以下の箇所があったからだ。

文学は人間の規範を広げて豊かなものにし、トラウマ、悩み、不十分さ、そして通常は否定的あるいは病的に捉えられがちな体験を受け入れ、許容することを促す。それは失われ、後悔され、余計なものとされた体験や資質を自発的に取り戻すという深い意味において回復のプロセスに他ならない。

（『芸術文化の価値とは何か』、一〇〇頁）

この言葉を書いたフィリップ・デイヴィスの研究「読者協会の読書会事業における本来的価値の評価」では、コミュニティ・センター、ホームレス・シェルター、病院、刑務所、薬物リハビリテーション・ユニット、介護施設などで行われている読書会に注目している。小説や詩などの音読やお互いの考えの共有を含む読書会の体験によって、傷つき、不安のなかにいる人びとが細部にわたるまで言葉と向きあう様子について紹介している。参加した人びとは、文学の言葉によって思いもよらない気持ちを見つけたり、意見を交換したりして、考えを深めてゆく。デイヴィスは、文学は直ちになにかを決めつけるのではないという。つまり、デイヴィスの言葉でいえば、「直截」ではなく、後ろを向くこともあれば、想像力によってさまざまな方向へと広がりもするのが文学だということになる。

今、私が、傍らに置いて、ヒントになるような物語を探したいのも、文学の言葉は、傷や喪失に直面した自分を時間をかけて受けとめるための表現を教えてくれるからだ。文学の言葉は人の苦悩や苦難を分析し、細部まで明らかにする。同時に、あるトラウマ的な出来事の全体像やこの社会や歴史との繋がりをも示す。私は、自分をいたわり、心のエネルギーを増やしてくれる言葉をたくさん見つけたい。だが、自分の傷がここにあると知ったとき、まず、その傷について知らなければ、自分の生を養うことはできないのではないかとも思った。もしかしたら、傷はまだ、ただれて血を流しているのかもしれない。

私は自分の傷がどのようなものか知りたい。自分の体験について、自分の肉体について、自分の心について、自分の魂について、その働きがどうなっているのかをじっと観察して、言葉にしてみたい。私は応急処置をたくさんして、傷を見ることを避けてきた。けれども、根本のところから自分の体験を理解したいと思うようになった。医者が傷を診て対処を考えるように、私も観察からはじめてみる。もちろん、私は、医者ではないので、診断はできない。けれども詳細な記録は残せるだろう。私は自分の体験について書いてみる。

しかし、分析し、解剖し、自分を断片化させたままでは、「客体／モノ」となった昔の自分に逆戻りしてしまう。そこで重要なのが、「総体」を見ることだ。観察する言葉、省察する言葉は、トラウマのメカニズムを記述するときに必要だが、細部を検討したあとで私が知りたいのは、自分や自分が生きている世界の「総体」だ。自分がこの世界に確かに位置づいていると知ったとき、自分に起きているトラウマのメカニズムを理解したうえで、私の物語がこの世界でゆっくりとはじまる。傷つきや苦しみの経験は誰かと共有されて物語になってゆく。自分自身ともまたそんなプロセスが必要ではないだろうか。

体調や心の調子はどうですか？

今日はお話を聴いてもよいですか？

ゆっくりとお話ししましょうね。

そんなふうに自分に尋ねるところから、トラウマをめぐる自分との対話をはじめてみよう。急がず、一歩ずつ、踏み込みやすい自分の心に何度でも許可をとること。自分であっても、踏み込むのが苦しいことは、無理強いしないで、他者にするのと同じように尊重すること。こうして自分を手当てし、大切にすることの発見を続けること。

私はここからはじめてみようと思う。

3

傷について語る言葉

「こんもり」と回復してゆく

私は現代日本文学を研究している。しかし、研究すればするほど、言葉が見つからなくなることがある。だが、自分が苦しんでいる傷について、どれだけの人が正確に思い描くことができるだろうか？　たしかに、自分について微に入り細を穿って説明することができる人もいるだろう。人に話したり、物を書くことを続けるうちに自分の輪郭が見えてくることもある。けれども、今、ここに生きている自分の傷を余すところなく把握することはとても難しい。私は、繰り返し、自分が受けた性暴力について書いてきた。図書館のエレベーターホールで性器を触られたときの手、刃物を突きつけられていたせいで大人になってからも幻覚のように背中の真ん中のあたりが痛むこと、口に残った精液の苦さ、これらの触覚が、いまでも、うずくし、痛む。けれども、どこを見ても、はっきりとした傷は目には見えないのだ。形のないものに苦しめられて生きているという思いがあった。だから、はっきりとした形の傷を見ると、驚いてしまう。

二〇二三年三月、私はよく皮膚科にかかった。一度目は自分で家でしていたお灸で火傷をした。はっきりと見える形の傷だった。一年半お灸をしてきたが、はじめてのことだった。右手首のあたりにやや深い火傷。痛みがあったし、えぐれていた。その次は化粧品が肌にあわなくてただれた。口の周りにできた吹き出物が痛くて痒かった。疲れていた時期で、疲れが肌に出た。悪化するばかりだったので、仕事の合間に病院に行った。

「傷はどうですか?」

お医者さんの問いに、どの傷のことだろうと、一瞬、私はわからなくなってしまう。傷というのはそのときどきで遠近が変わるものなのかもしれない。複数の傷を抱えている人ほど、どの傷かわからなくなる。絡まりあっていたり、交差している傷については上手く伝えられない。見える傷ですら、その痛みやその理由の伝えられなさはあふれてゆく。

心的外傷、トラウマについてもそうだろうか?

見えない、音もない、匂いもない、味もない、感触もない、それが心なのだろうか? 透明でどこにあるのかわからない。それなのにたしかに傷つく心。傷がありありとあらわれたように感じる日もあれば、気配が薄れていることもある。天気や世情、自分の状況や一緒にいる人にも左右される。自分の傷だと思って、私が傷の所有者だと思って、どうとでもできると思い込んでいたのに、実際には、傷の方が私に呼びかけているのだと気がつくことがある。しかも、傷の呼びかけは、切実だったり、乱暴だったり、ふとしたときに色々な意味を帯びてあらわれる。

看護師さんが、薬を塗ってくれ、肌に優しい化粧水や日焼けどめのサンプルを持ってきてくれる。

「ところで、火傷はこのまま痕が残るのでしょうか?」

そう尋ねると、お医者さんは、「痕はおそらく残るでしょうね。真皮まで達していましたから」と答える。「真皮」とは何だったか？　そう考えていると、お医者さんが図鑑のようなフルカラーの医学書をとりだして、模式図を見せてくれる。「傷ついた部分が、一度、こんもりしてきます。そのあとでかさぶたができます」と説明してくれる。「こんもり」という言葉が自分のなかにすっと入ってくる。傷、痛み、かさぶた、傷痕、治療、回復。こうした語彙でしか、私は自分の傷について捉えていなかったのかもしれない。トラウマにしてもそうだ。皮膚には層があり、回復するときには一度こんもりした状態を経るという。傷の回復にはこんな動的な、ふっくらとした動きもあるのか。傷にはそれくらいの複雑さと時間の経過とともに生じる変化がある。生活していても、どうしても傷について考えてしまう私にとって、傷を語る言葉はたくさんあると知ったことは大きな発見だった。「こんもり」といった言葉のゆるやかさと存在感。傷と回復について語る言葉はもっとありうると思えてくる。

「精神」や「心」の領域は容易くふたつにわけられない。「精神」は、実際には身体と密接にかかわっている。お腹が痛くなるというのもそうだし、頭痛がするのもそう、眠れないのもそうだ。「精神」と「身体」という二項対立では捉えきれない複雑な現象が、「わたし」という場所では起こっている。自分の火傷を見ながら、これらは「精神」と「身体」（あるいは「心」と「身体」）のどちらか一方に還元することはできないということを痛感した通院のひと月だった。

ハン・ガンの文学の世界を生きる

ちょうど同じ頃、ハン・ガンの小説や詩を読むようになって、私はトラウマと回復の関係を考えなおすようになった。トラウマは心と身体にどのように働きかけているのか。自分の周りにいる人との関係性や社会とどうつながるのか。そんな問いがハン・ガンの文学からは浮かびあがる。

ハン・ガンは、一九七〇年に光州《クァンジュ》に生まれた作家。二〇〇五年に、『菜食主義者』に収められた「蒙古斑」で李箱《イサン》文学賞を受賞、二〇一六年には『菜食主義者』の英語訳（訳者はデボラ・スミス）によってマン・ブッカー国際賞（現在の国際ブッカー賞）を受賞し、二〇二四年一〇月にはノーベル文学賞を受賞した。ハン・ガンの文学について語る人の多くが口にするのは、ハン・ガンの小説における「傷と回復」の複雑なありようの描き方の巧みさについてだ。『菜食主義者』（クオン、二〇一一年）の「訳者あとがき」で、訳者のきむふなは、「ハン・ガンの作品の登場人物は、皆が心の傷に苦しんでいる。現在の苦痛は、幼年期の傷や不幸な家族史によって前景化される」（二九七頁）と書いている。たとえば、『菜食主義者』の登場人物ヨンヘは、自分をかたちづくると同時に呪縛するものでもある、生まれ育ってきた家族によって苦しみ、苦難を経験する中で、やがて「菜食主義者」となって、まったくものを食べなくなる。私が注目したのは、自分自身も傷を刻みながら、最後まで妹ヨンヘの傍らにいる姉インヘだった。この小説にはインへの葛藤がつぶさに描かれている。

ヨンヘ、桃よ。缶詰の黄桃。あなた、これ好きだったよね。桃が出回る季節になってもこれを買って食べたじゃない、子どものように。

（『菜食主義者』、二四六頁）

親しい関係にいるからこそ知っているヨンへの好物。姉のインへは、痩せ衰え、死のふちに立っている妹ヨンへに生きてほしいと願い、「缶詰の黄桃」を食べさせようとする。しかし、インへが憶えている子どもの頃の記憶の懐かしさや希望をヨンへは拒否する。スイカやスモモなど、ヨンへが好きだったほかの食べものについても同じで、ヨンへは食べない。木のような姿になってゆく妹を前にして、インへがその死と対峙する場面に胸が苦しくなる。感情が揺さぶられて、物語の中に入り込む。私は姉のインへに自分が似ていると思うようになる。

食べなくなったヨンへ。ヨンへのことをもうとめられないことを知っていながらも、インへは、自分の側の論理で生や死について理解しようとしている。同時に、そんな自分の理解の枠組みがぼろぼろと崩れ落ちそうになっているのにも気がついている。ヨンへから、「なぜ、死んではいけないの？」と問われると、すぐに答えを返せない。私はインへの迷いに震えながらうなずく。「なぜ、死んではいけないの？」という問いに私はすぐに答えられない。インへもまた何か辛いことを抱えているのではないか。私はインへのことが心配で仕方がない。そう思いながら、読み進める。インへは、化粧品店を経営し、社会的に成功しているように見える。だが、インへが感じているのは、自分が「この世で生きたことがない」という感覚だ。それは次のように書かれている。

彼女は生きたことがなかった。記憶できる幼い頃から、ただ耐えてきただけだった。彼女は自分が善良な人間だと信じ、その信念のとおり誰にも迷惑をかけずに生きてきた。誠実だったし、それなりに成功し、いつまでもそうであるはずだった。しかし理解できなかった。その古くて朽ちた仮設建物と長く伸びた草の前で、彼女はただ一度も生きたことのない子どもにすぎなかった。

（『菜食主義者』、二五八〜二五九頁）

この箇所に出会って、私はインへの見ている風景に惹きつけられる。私も、もしかしたら、インへのように、本当に生きたことがないのかもしれない。心の奥底から沸いてくる熱のような、生きている実感を私はあまり感じない。ときどき、生きることに尊さを感じて胸が揺さぶられることもあるが、生きている感覚があまりない。この世からいつも引いている。「彼女はただ一度も生きたことのない子どもにすぎなかった」という言葉を読みながら、私も、生きている演技をしているだけなのかもしれないと思うようになる。自分の姿を誰かに見つけてほしかった。でも、演じているあいだ、押し殺している自分が荒れた草のあいだに見え隠れする。人生を生きているのではなく、その時間を「耐えた」という生の残骸の気配が強くなる。残骸を踏みしめながら、毎日を生きていると気がついてしまうのは怖いことだ。

本当の意味で生きたといいたい。

子どもの頃に戻ってやりなおせば、本当に生きることができるのだろうか？

でも、本当に生きるとは？

問いがあふれてしまう。インへとヨンへの物語に出会って、私は動揺する。

誰もがそうだとわかる回復の物語や自分のことを褒めてくれる他者がほしかった。認めてもらうために必死になった。しかし、無理して演じていると、ある時点で何かが水位を超えてしまう。インへが見ている「古くて朽ちた仮設建物」は複雑な傷のさみしい骨格のように見える。そこに広がる手入れされていない草の広がる様子も、私はどこかで見たことがある気がする。私は、インへに自分を重ねすぎていると感じて、インへに謝る。インへが生きて見てきた世界を私はハン・ガンが書いた言葉でたどる。そして、読者としての自分の経験とつなげて、言葉の中に傷を語る場所を見つける。ハン・ガンの小説にはたやすい解決はない。しかし、だからこそ、私は、迷い、矛盾し、引き裂かれ、とりみだした自分を明け渡して、同時にハン・ガンという作家が絶対に私の生を笑わないことを知っているから、小説の世界を生きられる。ハン・ガンの小説には深呼吸をしてからしか潜れない。深い息継ぎをしながらしか、読めない。それなのにこの小説がないと私は生きられない。私にとって、ハン・ガンはそういう作家になっていった。

決して失われることのない尊厳

今回、ハン・ガンの作品を読み返してみて、驚いたことがたくさんある。私のなかでの傷と回復のイメージが変わり、社会的・歴史的なトラウマと個人のトラウマが交差することの意味についても考えた。それと同じくらい、尊厳という言葉をハン・ガンの小説に感じた。

それが結晶したのが『少年が来る』（井手俊作訳、クオン、二〇一六年）かもしれない。一九八〇年五月一八日、光州市で、民主化を求めて抗争する人びとを戒厳軍が武力によって弾圧し、多数の死者を出した。韓国の民主化の歴史のなかに刻まれた光州事件の現場には、それぞれに顔を持ち、名前を持った人びとがいた。激しい武力弾圧や拷問に対して、『少年が来る』では、ひとりひとりの体の動かし方、息の仕方、魂が漏れ出る瞬間まで描き出す。しかし、決して、光州事件で殺された人びと、生き延びた生還者を物語のために領有する小説ではない。一章では冒頭から徹底して、「君」という二人称代名詞を用いたり、その後の章でも、「彼女」といった三人称代名詞が多用される。ひとつだけの視点で小説は進行しない。また、証言という形式をとる章がある。一方で、証言を拒もうとする生還者も登場する。光州事件の記憶を描く複雑さ、そしてそれは、記憶の穴をも描くことにほかならないということが伝わってくる。

『韓国文学を旅する60章』（波田野節子・斎藤真理子・きむ ふな編著、明石書店、二〇二〇年）に収められた「ハン・ガンと光州事件《クァンジュ》　また5月はめぐりきたりて」で、江南亜美子は、「歴史書には記載されない、ごくふつうの人々の記憶と記録を、ろうそくのようにともし続けること。彼女は小説の役割をそう考えているではないか」（三三二頁）と書いている。人々が民主化を求めて動き出すや、殺されてしまう。その不条理のことを思う。圧政が憎い。そして、そうした人々は記憶されず、声さえ残らないことがある。だが、見過ごされそうになった人たちの証言や記憶を聴こうとすることこそが大事なのではないか。『少年が来る』では、子どもたち、貧しさにあえぐ人びと、女性、被傷性を帯びた男性たちなどに光があたっている。こうした光のあて方は公的な記憶の仕方をも変えるだろう。フィクションにはそれだけの力がある。だからこそ、ハン・ガンは、一歩一歩を慎重にたしかめながら、歴史をたどる。

小川公代は、『世界文学をケアで読み解く』（朝日新聞出版、二〇二三年）の第二章で、「ハン・ガンが描く弱者からは、人間の欲望や怒り、憎悪などに振り回されながらも、なんとか人を傷つけることを回避し、他者へのケアを担おうとする気概が感じられる」（七五頁）と書いている。小川が指摘するとおり、弱い立場に置かれ、不可視化されてきた人びとが、それでも、他者を傷つけるのではなく、支えるための歴史を紡いできたことを記憶したい。

かろうじてともる「ろうそく」の光に映し出される他者をどのように記憶できるか？　決して理解してしまってはならない。決して領有してしまってもならない。わかりやすい物語にしてもならない。これらの条件のなかで、それでも照らす灯をかかげつづけること。そして、そのかかげ方を考えつづけること。この困難な問いとハン・ガンは向きあっている。

『すべての、白いものたちの』(斎藤真理子訳、河出文庫、二〇二三年)は、「生まれて二時間で死んだ」姉をめぐる詩的な連作小説だ。「作家の言葉」で、ハン・ガンは次のように書いている。

私の生をあえて姉さん――赤ちゃん――彼女に貸してあげたいなら、何よりも生命について考えつづけなくてはならなかった。彼女にあたたかい血が流れる体を贈りたいなら、私たちがあたたかい体を携えて生きているという事実を常に常に手探りし、確かめねばならなかった――そうするしかなかった。私たちの中の、割れることも汚されることもない、どうあっても損なわれることのない部分を信じなくてはならなかった――信じようと努めるしかなかった。

(『すべての、白いものたちの』、一七九頁)

自分の傷を気づかうことがなければ、他者の傷をいたわるすべが上手く見つからない。私は自分をあたためたり、自分の傷をいたわることをかつて知らなかった。自分にされた手当てを知ってはじめて、人はその方法を知ってゆく。だが、さまざまな理由から、この社会では傷を手当てしてもらう経験を持つことができない人があまりにも多い。傷つけられ、そのまま、置き去りにされてしまうことがある。それと同じくらい、私は、自分を放り出して、誰かの手当てをしすぎて、燃え尽き、疲れ果ててしまった人たちを多く見てきた。自分にしてあげるべき手当てをすべて自分ではない誰かにしてしまう人を誰が責められるだろうか。しかし、私はただ他者にするのと同じように自分を労ってあげてほしいと思ってしまうのだ。誰かに手を伸ばすのをあきらめないためにも。

必要なのは、自分と他者の境界を見すえつつ、手を伸ばすことなのかもしれない。この境界線を認めなければ、他者の傷に飲み込まれてしまう。あるいは、他者を自分の手当てに飲み込んでしまう。そうなると、安心して、自分の傷を他者に預けることはできない。他者の傷を預かることもできない。誰かから手当てされ、自分を遺棄していた状態から、手当ての方法を知ってゆく。そして、自分にしてあげたことを他者にもできるようになる。自己の傷と他者の傷、自己への手当てと他者への手当てを思うとき、この循環がまず思い浮かぶ。この繰り返しは、誰にとっても、面倒なものである。野暮ったくも、厄介ですらもある。それでも本来、生きること、他者と生きることは、面倒臭くて、野暮ったくて、厄介なものではなかったか？それら、みっともなさも、わずらわしさも、全部認めてみると、自分の奥底にある、誰にも侵しえない領域に気がつく。それは尊厳といってよいのかもしれない。どんな状態であっても、その人、そのものが、そのままで損なわれず、存在するということの証。それがこの小説にはある。

平野啓一郎は、『すべての、白いものたちの』の文庫版に収められた「解説　恢復と自己貸与」で、「他者への生の貸与というこの突飛な発想は、翻って、自己への配慮であるべきなのである」（一九四頁）と述べている。自己の生の充実、自己の生の恢復をつうじて、姉という他者のありえたかもしれない生を具体化しうる。未来において実現される可能性を持っていたもの、けれども、もう失われたものについて、文学はどのように表現しうるのだろう？　平野の解説を読んで思ったのは、文学とは、不可能を可能に転ずることをも含む想像力の表現であるが、その転換が起こる過程を余すところなく描くことにその役割のひとつが委ねられているのではないかということだった。私が、ハン・ガンの小説を読みながら思うのは、失っていたと思っていたものが、決してひとつも失われずに自分の中にあったこと、その傷と別れを告げないでもいいということだった。

宮地尚子「傷を愛せるか」

でも、傷と別れを告げないでいることはとても大変なことだ。

傷について考えるとき、私はいつも宮地尚子の本を手にとる。宮地は、「被傷者や周囲の人々の立ち位置を示す、環状島というモデル」を自身の「サバイバル・マップ」としてつくりだしたことでも知られる。

環状島は大海原に浮かんでおり、周囲には「〈外海〉」が広がっているドーナツ状の島だ。そのため、島の真ん中には穴があり、そこには水が溜まり、「〈内海〉」になっている。「〈内海〉」の中心はトラウマ的な出来事の「〈ゼロ地点〉」だ。「〈内海〉」には死者たち、犠牲者たちが沈んでおり、声を出せず、語ることができない。「〈波打ち際〉」には、かろうじて生き延びた「被傷者」たちがいる。「〈内斜面〉」にいるのは、声をあげられるようになった人びとだ。そこから、「〈尾根〉」が見えてくる。「〈尾根〉」は「当事者」と「非当事者」をわける場所ではあるが、非当事者である支援者らと出会う場所でもある。「〈尾根〉」を越えると、「〈外斜面〉」がある。「〈外斜面〉」には、関心を持っていたり、コミットしようとしていたり、支援をしようとする人びとがいる。さらにその向こうには「〈外海〉」がある。「〈外海〉」は傍観者たち、無関心な人、何も知らないでいる人たちがいる場所だ。

『環状島＝トラウマの地政学　新装版』（みすず書房、二〇一八年）、宮地の対談集『環状島へようこそ　トラウマのポリフォニー』（日本評論社、二〇二一年）で表現された環状島は本当にダイナミックなモデルである。「〈重力〉」、「〈風〉」、「〈水位〉」といった動的な概念があり、当事者と非当事者が揺れ動く様子や自らも被傷者であった支援者の存在、被傷体験に触れることができない当事者の葛藤、傍観者だった人が支援者になる姿にも言及がある。

『環状島＝トラウマの地政学』の初版は二〇〇七年に刊行された。そのときの私は迷いつづけている自分自身の立ち位置をたしかめるためにこの本を読んでいた。この本は、被傷者はいつも被傷者でいなくてもよく、沈黙したり、解き放たれたり、ほかの人の支援をしたり、その都度、変化してゆくことができるということを教えてくれた。私はトラウマを負った当事者でもあるので、本当にサバイバル・マップとしてこの本を携えていた。傷の影響は大きく、他者の傷は自分に呼びかけてくる。傷について、その全体像を捉えることは難しい。それでも、自分の前にある傷をたしかに見つめたとき、そこには新しい言葉や地図が生まれる。それはかろうじてあらわれた光である。それをつかむ。すると思いがけない他者の姿が浮かびあがることがある。

かろうじて生きてきた私が、やはり、かろうじて生きてきたあなたと出会う。

しかし、これまでの経験で私自身も思い知っているのだが、傷を持つ者どうしはすぐにわかりあえるというのは神話だ。おたがいに身がまえ、距離をとり、打ち解けようとしないこともある。傷を持った者どうしすぐにわかりあえると束ねるよりも、違う人生を生きてきた人どうしがゆっくりと話せるような場所が増える方がよほどよい。自分でも認めがたい傷、それでも一緒にいる傷が誰かに伝わるのはとても怖い。否定されるかもしれない。知られることが苦しい。この葛藤まで含めて他者と一緒にいられないか。傷の語れなさについて私は語りあってみたい。

宮地のエッセイ『傷を愛せるか　増補新版』（ちくま文庫、二〇二二年）の最後には次の言葉が綴られている。

くりかえそう。

傷がそこにあることを認め、受け入れ、傷のまわりをそっとなぞること。身体全体をいたわること。ひきつれや瘢痕を抱え、包むこと。さらなる傷を負わないよう、手当てをし、好奇の目からは隠し、それでも恥じないこと。傷とともにその後を生きつづけること。

傷を愛せないわたしを、あなたを、愛してみたい。
傷を愛せないあなたを、わたしを、愛してみたい。

（『傷を愛せるか』、二二六〜二二七頁）

おそらく、私はまだ自分の傷を愛せていない。

けれども、傷の愛せなさについて話すことはできるかもしれない。受動的な話、愛することができないということそのものについての話、そんな話をたくさんしてみたい。私もそうだが、トラウマとともに生きる人たちは、傷の隠し方、傷のかばい方、傷からの逃げ方、傷の愛せなさについて、もっと話したいし、知りたい。その知恵が私はほしい。「傷を愛せないわたしを、あなたを、愛してみたい」という宮地の言葉を読んだとき、私はがちがちに凝り固まっていた心がふっとほぐれた。傷を愛さないと卑怯だと思っていた。でも、それは違った。

自分の傷を愛することと、自分を傷つけた人を愛さないことは両立する。「怖かった」、「腹が立った」という思いを隠さなくてもいいし、失った時間、できなくなったことへの怒りをあらわしてもいい。だから、私がここで書きたいのは、トラウマをめぐる言葉を、もう一度問い直し、もう一度トラウマをめぐる語彙をつくりなおしたいということだ。トラウマを生き延びた人の言葉を聴くことで、サバイバーたちが描くサバイバル・マップがもっとたくさん出てくるとよい。生きるための言葉が出てくるとよい。私が今思うのは、自分の傷を見て動揺する私やそれでも傷とともに生きていく日常は、愛する、愛さないというふたつの選択肢からもっと羽ばたいてもいいのではないかということだ。迷い、矛盾する言葉、傷という言葉では表わせないほど複雑に自分や他者に刻まれた痕跡。一度、傷という言葉ではない言葉を探す。意外な言葉が見つかる。そんな言葉が見つかったとき、私たちはトラウマとともに生きてゆく可能性をえられる。トラウマとは、歴史であり、記憶である。他者の歴史や記憶とゆっくりと向きあうには、たくさんの言葉と沈黙が必要だ。私はそうした傷について語る言葉に希望を見るのだ。

4

人生の手引き書をつくる

生きるための知恵を持ち歩く小さなノート

私の仕事場からの帰り道、近くのゆるやかな坂にさしかかるあたりに信号機があって、ビルが途切れて空がひらけている。月や金星や季節の星々が街灯の向こうに浮かびあがる。ちょっとした写真撮影の名所にもなっているようで、大きな天体ショーがあるときにはスマートフォンのカメラのシャッター音が鳴り響く。今日が特別な日なのだと知って、私もスマートフォンを夜空に向ける。大きな真っ赤な満月、彗星の瞬き、日蝕、月蝕。まったく知らない人と隣りあって、同じ空を眺め、それ以上言葉を交わすわけでもない。それなのに、たしかにその瞬間、宇宙を介して、ここにいる自分を知る。こういうとき、毎日の生活が続き、日々、変わらないことのなかにも、何か変化が起こったような気がして、家に帰っても、うれしい気持ちになる。

毎日はひとときも同じではない。見慣れた道に陽炎がゆらめけば、もう昨日とは違う夏のはじまりだし、いつも会う人であっても、その日ごとに違うところがある。けれども、日々の生活をするとき、ルーティン・ワークに自分を馴れさせることがある。毎日、毎週、毎月、そして、一年のうちに何かをこなしてゆくことが求められる。同じもののなかに新しさをいつも見つけていたいし、いつも使う言葉でも、はじめて出会ったように驚きながら向きあいたい。しかし、日々の生活はいっときも待ってくれない。この一日、この一週間、このひと月、この一年をどうやって生きてゆくか、その工夫を考える。

私は、日常生活の約束事を理解していなかったり、時間配分ができなかったり、他者との境界線がわからなかったり、たくさんの工夫が必要だ。そうしたことを二〇代の終わりから、ひとつずつ検討してきた。しかし、毎日の生活を送ろうとして、ベストセラーになっている自己啓発本を読んだりしても、その前段階でつまずくことが多いと気がついた。たとえば、私には鬱の波があって、鬱のときには動けなくなるので、自己啓発をするエネルギーがない。だから、自分なりの工夫や人生の手引きが必要になったのである。

二〇代後半から三〇代になる頃が私の転機だった。大学院に通うようになり、トラウマについて知った。気がついてみると、人生の経験が少なすぎて、他者との接し方がわからない。家族関係がよくなかった時期があったので、いつも人から嫌われないか心配になってしまったり、人間関係についても悩んだ。ちょうどそんな頃、人から、アダルト・チャイルドの人が自分で行えるワーク・テキスト『アダルト・チャイルドが自分と向きあう本』、『アダルト・チャイルドが人生を変えていく本』（いずれもアスク・ヒューマン・ケア研修相談センター編、一九九七年）を教えてもらった。この本は、小さめで、表紙の触り心地がよくて、自分にしっくりくる本だった。数ページずつ、行きつ戻りつしながら、ゆっくりと進めて、自分を縛っていた「原家族」との関係を整理したり、自己否定を教えられてしまった自分に語りかける言葉も知っていった。

アダルト・チャイルドのワーク・テキストに書いてある質問に答えて、ノートに書いてまとめたりもした。しかし、私は書いたものを読み返すのが恥ずかしくてなかなかできないことに気がついた。試行錯誤して、最後にたどりついたのは声に出して本文を読むという方法だった。高校生のとき、古典文法を憶える際に、古文の先生から、二週間、何も考えずに寝る前に音読しなさいといわれた。やってみると不思議なほどよく憶えた。オーソドックスな音読復習法なのだけれど、自分にあっていたのだろう。書き写すほうが得意な人や、体を動かしながらのほうがよい人などもいるだろう。私は、今でも、音読することが多い。なかなか内容が頭に入ってこなくて、苦肉の策だったけれども、自分のリズムにあう本はあうし、あわない本はあわないことに気がついた。

私は、大学院修士課程に通っていた頃、本屋さんでアルバイトをしていたのだが、私が勤めていた本屋では、研修の最初にポケットに入るA6判の小さなノートをくれた。そのノートに、レジの打ち方や品出しの仕方、ハンディターミナル（書店の場合は本のＩＳＢＮをスキャンして在庫管理などをする機械）の使い方などを書いた。私は字が汚いのと整理して書くことができないので、もらったノートから新しいノートに清書することになったが、手順を書いたノートがあるのはとても心強かった。接客の工夫や配置に迷う本などのメモも増えて、ノートを育てている感じもあった。何よりも、手のひらサイズで見返せるのがよかった。電車のなかや休み時間にめくっているとだいぶ憶えてくる。そのとき、思いついたのが、生きづらさに関しての知恵を小さなノートにまとめて持ち歩くということだった。

アルバイト先の本屋さんでもらったのはキャンパスノートだったが、さらに小型でリングに綴じられたノートを持つようになった。見開きの左右のページにそれぞれひとつのテーマを書いて、簡単に、その原因と対処法を書く。パッと見てわかるというのが大事で余計なことは書かない。リングノートなのでパラパラとめくれて、検索性もよい。これを持ち歩いて、夜になると、寝る前に音読した。たとえば、忙しすぎると強迫観念や強迫行為が出て、そういうときには焦ってしまうが、ひとつずつやっていけばいいといったことをまとめている。家を出るときの電源、火元、施錠のチェックは、すべて携帯電話の写真で確認可能にしておくなど、これまで誰かが残してくれた知恵を自分用にカスタマイズするのだ。

とにかく、手もとでペラペラめくれるノートは便利で、私にとっての「命綱」だった。こういったことは多くの人が仕事や生活でやっている工夫だと思う。ただ、私の場合、手順が細かくて、説明しないとならない部分の数が多い。感情や体感や体の動かしかたを細かく指示してあげないとわからない。なぜ、このノートの話をしたのかというと、泥ノ田犬彦「君と宇宙を歩くために」という漫画を読んだからだ。私は、この漫画を読みながら、自分を重ねていた。パソコンの画面で漫画を読みながら、そうだ、こんな感じでノートをつくりはじめたなと思い出したら、自分が生きてきた時間そのものが報われた気がした。私はぼろぼろと泣いていた。

泥ノ田犬彦「君と宇宙を歩くために」

泥ノ田犬彦の漫画「君と宇宙を歩くために」は、二〇二三年六月二六日からアフタヌーンWeb増刊「&Sofa」(https://andsofa.com/)で連載がはじまった。泥ノ田犬彦は、アフタヌーン四季賞二〇二二年秋のコンテストに短編漫画「東京人魚《トーキョー・マーメイド》」で準入選した。「君と宇宙を歩くために」が連載デビュー作であり、二〇二四年一二月現在、第三巻まで単行本(講談社)が刊行されており、マンガ大賞2024の大賞を受賞した。この作品が掲載されると、私のSNSのタイムラインにすごい数のリポストがまわってきた。すぐに読んで、その世界に圧倒された。

第1話「ワン・ジャイアント・リープ」は、勉強もアルバイトもなかなか続かない男子高校生・小林大和のクラスに宇野啓介が転校してくるところからはじまる。宇野は、自己紹介の挨拶など、「全ての声がデカ」い。みっちりと書かれた小さなノートを持っていて、それを大切にしている。宇野と出会うことで、小林も自分自身を変えてゆこうとする姿が見事に描かれている。この漫画の鍵になるのがこのノートだ。

小林は、「セカンドハウス」という、中古DVD・CD・コミック・フィギュアなどを売っている店でアルバイトしている。だが、ほかのバイトの人が簡単そうにやっている仕事が上手くできない。自分以外の人が軽々としていることができないもどかしさが痛いほど伝わってくる。小林はこれまでもさまざまなアルバイトをしてきた。その度に叱られて、冷や汗をかいて青ざめる。一見すると、むすっとしているような小林が眉根を寄せる描写が印象に残る。なんでこんなことができないのかという思いは、小林自身が、一番、身に染みてわかっている。でも、なぜできないのか、なぜ続かないのか、その理由がわからない。「じゃあ俺は　何に向いてるんだ」と問う小林の横顔が翳る。

落ち込んで夜道を歩く帰り道、「もっと簡単な仕事なら俺も…」と小林は思う。そこにちょうどあらわれた、久しぶりに会った「先パイ」が、自分の店で「簡単」な「バイト」をしないかと持ちかける。「先パイ」の店は何か危ないこともしているようだとわかっていても、「カンタンなら　俺にも　できんのかな…」と考える小林。そのあと、次のコマの真ん中に、「怒られなくて　すむのかな」という言葉が浮かびあがる。不機嫌そうで、やる気がなくて、近よりがたいと思う誰か、学校の先生や周囲の人から煙たがられている誰かは、怒られることに疲れ果てているのかもしれない。人と同じことができない、「普通」のことができないというのは、いつも怒られつづけるということだ。だけど、急かして、そのリズムを受けとめそこねているのはどちらなのだろう。それは、もしかしたら、私のほうがその人としっかりと向きあえず、シグナルをとらえそこねているのかもしれない。このコマにあらわれた小林の言葉に触れたとき、その痛みがあふれだす。次のページで「バーン」という描き文字とともに登場するのが宇野だ。

小林大和《やまと》くん!!
こんばんは!!

（『君と宇宙を歩くために』第一巻第１話）

この宇野の言葉は短いけれど、大きな光だ。小林の名前はたしかに記憶され、呼ばれている。そして、挨拶とは誰かの存在を見つけたとき、最初に相手へと渡す架け橋だ。小林と宇野の物語が大きく動き出すときに、このコマの流れを描きえたことがすごい。この漫画のなかで繰り返し描写されるように、小林大和は、何度も怒られて、失望してきた。宇野の登場は小林が変わる大きなきっかけになる。

宇野にも得意なことと不得意なことがある。記憶することが得意、同時にいろんなことを行ったり、臨機応変に対応することが苦手など、やはり、何度も、恥ずかしかったり、悔しい思いをしてきたのだ。朝起きてから寝るまでにすることの手順を宇野はひとつずつノートに書いている。しかし、周囲の人には、朝起きたら「布団を畳」む、「うがいをする」、「顔を洗う」といったことまで書いてあるノートは奇異に映る。宇野はこのノートをめぐって傷つけられる経験をする。そういうときに宇野が見返す、そのノートに書かれている言葉が胸に迫る。

悔しくても
泣くのは家に

帰ってからにする。

（『君と宇宙を歩くために』第一巻第1話）

その言葉を小林は見てしまう。それは宇野啓介という人が、生活するうえでの困難を乗り越えようとしてきた歴史、どうやって人生を生きるか試行錯誤してきた歴史そのものである。小林は、このとき、宇野の心のなかの宇宙に触れたのだ。宇野の悔しさを見つめることは心をかきみだされるような瞬間でもある。宇野が泣き崩れるのを前にしても、小林には代わることはできない。しかし、宇野の涙の理由を知ることには意味があるだろう。どれくらい、宇野は家に帰って、ひとりで泣いただろうか。悔しさをこらえただろうか。小林は、宇野の人生を強く想像し、共鳴する。

第2話「惑う星たちの帰り道」で、小林が小学生時代の宇野を想像して、宇野の孤独について捉えようとする繊細な場面がある。そして、小林は宇野と「友だち」として一緒にいるという決断をするのだが、その物語につながるのは、小林が宇野の生き方やその歴史を尊重し、共鳴してゆく過程が丁寧に積み重ねられてきたからだ。誰かが悔しさや痛みを感じて泣いているとき、それを目撃したり、触れてしまったりしたとき、目をそらせず、立ち去ることができないことがある。声をかけることもできず、手を伸ばすことすらためらわれる。そんな瞬間、小林は宇野に「共感共苦」する。

「共感共苦」と他者を知る対話

「共感共苦」という言葉は、文学や文化の研究のなかで、「コンパッション（compassion）」の訳語として知られている。同情したり、一方的に感情移入するという意味での共感ではなく、他者の痛みを自らも痛みをもって受けとめて、共に苦しみ、そこからその誰かを思いやり、その苦しみに応答して行動に移すような言葉だと私は受けとめている。

小林が宇野の姿を見ながら、自分も泣きそうになったときに起こっていたのは「共感共苦」なのだろう。宇野という他者の内面に触れて、胸がざわついて仕方がない。でも、どうすれば宇野が泣きやむのか、わからない。そのとき、小林は深く宇野のことを考えはじめる。同時に、完全に理解することができない宇野の苦しみに自分の苦しみを重ねる。一方的にお互い同じように苦しいと断定するのではなくて、宇野の苦しみを自分は完全には理解できないし、それをわかったといってしまうことは不誠実だということを小林は知っている。私は小林が宇野のことを全部わかってしまったと思わなかったことがうれしい。

小林はもう宇野の前を素通りできない。その苦しみを見て見ぬふりはできない。だが、共に苦しむというのはお互いに倒れ伏してしまうことではないだろう。共に苦しむということは、相手の苦しみを受けとめ、たしかにその声を聴いたと自分で認め、相手に自分の気持ちを伝え、一緒にその苦しみを分かち持とうとすることなのだ。この後、小林と宇野のあいだに、話しあい、コンタクトするための時間と空間ができる。それは予期せずできてしまった時間と空間で、なぜ隣に座っているのか不思議議で、小林は気まずさすら感じる。しかし、小林のすごいところは、一気に踏み込まず、注意深く宇野に言葉を届けるところだ。

「君と宇宙を歩くために」は、上手くゆかない人、生きづらさを抱えた人を一方的に描く漫画ではない。人々のものの見え方が変わる瞬間を描いた作品だ。なんで、あたりまえがわからないの？　常識を理解しないの？　簡単なことだから、みんなできるよ。普通になりなさい。そうした言葉を浴びせる人はたくさんいるだろう。しかし、小林や宇野の周囲の人びとの認識がガラリと変わる瞬間をもこの漫画は描いている。恥ずかしさや悔しさに押しつぶされそうになったとき、宇野という、自分ではない他者の言葉に背中を押されて行動した小林がいて、それを周囲の人たちは戸惑いながらも、受けとめ、自分たちも変わろうとする。私はこの循環が生まれているところが「君と宇宙を歩くために」の魅力だと感じた。「あたりまえ」とか「普通」をつくってきたと思っている側も変わってゆく。そこがこの漫画の新しさだ。

人は知ることで変わってゆく。共感しても、もっと深く知らなければ、相手を一方的に自分の認識で見てしまう。大事なのは、その人がどんな人か知ることだ。そして、どうすれば、その人が本当はやりたいのにできないことをできるようになるのか、そのさい、何に困っているのかを言葉にしてやりとりすることだ。そんなのは「常識」で、いわなくてもわかるといわれることも多い。でも、それは誰にとっての「常識」なのだろう。これまで、教わる側の努力が足りない、背中を見て憶えろといったことがまかりとおってきた。しかし、教えること、教わることは、ふたり以上の関係性のなかで行われる。おまえのボールの受けとりかたが悪いんだよといってくる人が豪速球を投げている場合もある。「ボール、速くないですか」といいたいけれど、これがここの流儀だみたいになっていると、なかなかいいだせない。キャッチボールができるようになるには、まずはボールの投げかたやボールのとりかたを教わって、それを憶える必要がある。もちろん、そこから野球全般ができるようになるとか、プロ野球選手になりたいと考えはじめる人もいるだろう。しかし、キャッチボールは、豪速球を見せる場所ではなくて、それが長く続き、投げれば受けとってもらえるという信頼によって成り立っている。とくに、教える段階、教わる段階では、そのお互いの距離のとり方を身につけることが必要なのだ。

この漫画にはどうすればこの宇宙を自分で、そして、誰かと共に生きてゆけるのかについての知恵がつまっている。

人生の手引き書

私は、一〇年前、「人生マニュアル」という題名でワードを使って人生の手引き書をつくりはじめた。冊子のイメージは、これ一冊で自分の人生をだいたいカバーできるハンドブックという感じで、手書きのリングノートのアップデート版だ。インターネットで、「人生マニュアル　つくる」などで検索すると、案外、多くの人がつくっている。本なども多いと思う。参考にしつつ、自分用にカスタマイズするとよい。

私は自分が何をやっているか、今年、何をやるべきかがわからなくなりやすいので、それをちゃんと書いてあげることで自分がこの社会や自分自身に繋ぎとめられる感触がする。自分がつくった「人生マニュアル」のはじめに、「この手引き書は、日々の生活や年間計画についてまとめたものです」と書いてある。私はちゃんと明文化された決まりごとがあると安心する。でも、既存のマニュアルどおりには全然できない。複雑な心の機微を私は生きられないし、もっとシンプルな人生の手引き書が欲しい。その折衷案としてつくったのが自分用の「人生マニュアル」だった。

この「人生マニュアル」はプリントアウトして、そこら中に貼れるようにつくっている。セルフケアリスト、鬱のときと躁のときの対処法などを一枚の紙にプリントアウトして、冷蔵庫とか玄関にマグネットで貼る。たとえば、躁と鬱のときの対処法は裏表に印刷しておく。鬱が強いなと思うときは鬱対処の面を表にして、躁が強いときには逆にする。今、どちらの状態か、実際に手にとって裏返したりする作業を行うので、自分でも切りかわってゆく様子がわかりやすい。とにかく、気をつけることを一ページでまとめる。これまでの経験をふまえて、対処方法を簡潔に書いておく。

エネルギーが落ちてきたときは胸の真ん中あたりがしゅーっとしぼんでゆく。この状態は早いうちの対処が大事だ。エネルギー切れがきそうになったら、そのときやっている仕事以外はすべて投げ出す。私の場合、ひたすら眠る。浅い眠りだから、横になっているというほうが正確かもしれない。花見、ハロウィン、クリスマス。そうした行事を楽しんでいる人が羨ましくなることもあるし、晴れた日などはベッドの上にいるのが悔しいこともある。しかし、心のエネルギーが底を突く前に対処できると、回復までの時間や大変さが大きく違うことを経験上知っている。色々な手順を書いていても追いきれないので、シンプルに書いて、すぐに読み返せる形にしておく。

一日の計画や週の計画は塗り絵方式で考えるようにしている。最初から完璧主義になるのではなくて、全体のうちで、今はここをやって、次はここをやればいいというのをわかるように工程を分割して、ゴールから遡って計画をつくる。できあがりまでの過程で心に負担がかからないように無理なくつくる。とはいえ締め切りなどはあるので、書く速度や分量をラップタイムみたいに記録して、計画が最後には終わるように全体像の把握と実際の進め方の時間を割り出せるようにしている（これは段々と慣れてくるもので、焦っているなとか、余裕があるなとか、体感的にわかるようにもなってくる）。

このマニュアルで、便利だなと感じているのは、毎年やることについて再現性を重視して書いている点だ。年間予定は表をつくり、日付と曜日と行事名を入れて、行事名の下に手順を全部書き出し、マニュアル化している。いつ、どこで、何をするのかを明確に書いて、毎年、同じことをそのまま再現できるようにする。前の年に書いたことを次の年に思い出せ、実際に同じことをできるような書き方にしておくのがポイントだ。たとえば、確定申告など、手順が決まっているのに、一年に一回しかやらないことは手順をそのまま保存しておくことが大事だ。次の年も、全部、前年と同じ順番で入力してゆく。情報がバラバラにならないように年間予定のところで全部の手順がわかるようにもしておく。私は、自分にはできないことがあるとわかっているので、ここまで書くかというところまで書いて来年の自分に今年を手渡すことにしている。

それから、マニュアルや予定では自分の生きづらさも含めて計画を練るとよいと思う。落ち込む時期や思いなやむ時間、自分ができないことなどを自分で認めてあげて、自分に優しい計画にするといい。休みの日に休むこと、遊ぶこともとても大事だ。自分の人生を大切にしてもいいのだ。

私は、文章を書くのが仕事だけれど、実は文章を書くのが苦手だ。締め切りが近くて焦りながら、苦しくて仕方がないことも多い。けれども、できあがった言葉を読んで、ああ、書いてよかったと思うことがある。書ききれなかったこともたくさんあるので、もっと練習して、もっとよいものが書きたくなる。この繰り返しを十年以上続けてきて、この分量なら、何日くらいで、こういう感じで書けるなという見通しが持てるようになってきた。これが、習慣や経験がくれる大きな贈り物なのだろう。自分が書いたものを読んで、自分でも思いがけない、いい文章だったということがある。こうして、書いたものが誰かに届いていれば幸せだ。そして、その言葉を誰かがまた自分の人生に役立ててくれれば、それが何よりの幸福なのだ。

中学生の頃、友だちもいなくて、ラジオと本だけが自分の窓だった。スポーツもできない、勉強もできない。ただ、読むことと書くことだけが好きだった。よく考えると、ものを書いて生きてゆくという、そのとき夢見たことが、今、実現している。子どもの頃、新年になると夜空を見あげた。白い息の向こうに、果てしない宇宙が広がっている。そして、そのすべてが昨日までとは違うことに気がつく。

小林くんのおかげで
僕は宇宙を歩けます

（『君と宇宙を歩くために』第一巻第1話）

私は、「君と宇宙を歩くために」の宇野啓介の言葉に胸が熱くなる。飲み込まれそうになる暗闇のそのなかに広がる未知の世界。そこを歩くための「命綱」になるノートやマニュアルをつくる。そして、誰かと一緒にこの宇宙を並んで歩く。ほら、木星が夜明けの空に光ったよ。そんな言葉を交わすだけでも、生きられる。生を養う言葉になる。自分が生きるための知恵はやがて誰かの光にもなりうる。そして、周囲の人や社会のあり方そのものを変えてゆく。「君と宇宙を歩くために」という漫画はそのことを教えてくれる。この生きがたい時代にこの漫画があることは静かでまばゆい希望なのだ。言葉が星のようにあふれてくる。

5

あきらめ
という
鎖を
ほどく方法

書くことが怖くなる

　人は色々な理由でものを書く。何かと出会って、その光景や思い出を残したい。この出来事について誰かに伝えたい。この世界について、もっとよく知りたい。起きている現象を正確に言葉にしたい。言葉にならないものにたどりつきたい。整理してのちの誰かに役立てたい。書く理由はさまざまだが、それらが生まれるまでには執筆動機や執筆過程がある。書くためには学ぶ時間がなければならないし、書くことへの困難を抱えているときにはサポートも大切になる。安心して自分が書いてもよいと思える社会的な条件や環境も必要だ。読んでもらえないかもしれない不安におびえながら、ようやく書いても、多数派の価値観で文章を判断されることもある。言語や記号の世界に生まれて、そこに生きるということは、何かを評価し、物事を判断する価値評価《ジャッジメント》にさらされるということでもある。

「養生する言葉」という連載をしているあいだ、書くことの恐怖と戦っていた。自分の経験について嘘なく、自分の精神に映し出される現象を正確に書くことなど、心がけたことはいくつかあるが、試行錯誤の日々だった。多くの人に伝えたいとき、書き方に迷う。書くことが怖くなる。この恐れとどう向きあうのか。今回、一度、執筆過程で起きていること、書くことへの恐れのほどきかたについて書き残してみたい。

中井久夫「執筆過程の生理学」

統合失調症やトラウマの研究から詩の翻訳まで多岐にわたり活躍した精神科医の中井久夫は、「執筆過程の生理学――高橋輝次『編集の森へ』に寄せて」(『中井久夫集5　1994－1996　執筆過程の生理学』みすず書房、二〇一八年)で、書く人(著者)と編集者との関係性をどう捉えるかからはじめ、執筆の開始から完成までの「心理的経過」をまとめ、次の九つの時期に整理している。

一　「初期高揚」期
二　「中期抑鬱」期
三　「振動」期
四　「立ち上がり」期
五　「離陸・水平飛行・ドーピング」期
六　「収束」期
七　「校正」期
八　「外回り工事」期

（『中井久夫集5　1994—1996　執筆過程の生理学』、四頁）

九　「終結儀礼」期

「初期高揚」とは執筆を引き受けてから一週間くらい続く「やるぞ、こうやるぞ」という「感情」。この時期は「幻想」や「祝祭」であるというのが中井の見立てだ。たしかに、私も何を書こうかと考えはじめるとき、街を歩いても、どこへ行っても、眼に入るもの、耳に入るものすべてが鮮明な世界になる。言葉の色あいは増し、発せられる音は派手に艶やかに鳴り響く。だが、この「祝祭」は長くは続かない。「現実」が立ちあらわれるからだ。現実に即して書こうとすると、はじめの構想、夢見るような高揚感は、見事に裏切られる。自分の力量不足を痛感する。自分の小ささを思い知る。理想的な文章がすっとあらわれることはないのだなという現実に打ちのめされる。これが「中期抑鬱」期である。

「自分がいかに矮小な存在であるかを思い知らされる時期」と中井は書いているが、確かにこの時期はつらい。書くことの意義を見失い、書いたものは無に等しいと思う。心的にも力量的にも書けない現実に直面する。力及ばぬこと、至らないことを痛感する時期でもある。私の経験上、この抑鬱期をむりに乗り越えようとすると、かえってこの時期を長引かせる。むしろ、自分を揺り動かすことが必要だ。たとえば、中井も書くように、自由連想的にほかのことをしてみると、そこから、自分のなかに「リズム」が生まれてくる。「リズム」は「文体」になり、「文体」をつかめれば「立ち上がりの条件」が完成されると中井はいう。

そうしてようやく訪れるのが「離陸」だ。大量のエネルギーをかけて飛び立つ。軌道に乗るとも言い換えられる。おそらく、ここが、執筆過程のなかでも、一番、エネルギーを消費するのではないだろうか。軌道に乗るまでが苦しい。意味もなく、掃除をしてみたり、テレビを見たり、街に出たり、逃避をせずにはいられない。この「離陸」までにかかる労力は、少しずつ工夫して節約できるようにはなってくるが、膨大なものだ。心のエネルギーが減ってゆくのがわかる。たぶん、書くためにはあらゆる方法で自分を信じたり、労ったりする必要がある。大っぴらに休むことも大事だ。「書けないね」に「ほんとにね」と答えてくれる書く仲間がいれば、書くことの苦しみはかなり救われる。

連載四回目にして、私は書くことに疲れていた。毎月毎月、こんなにたくさんの分量の原稿を書いたことがなかったので、パソコンの画面をずっと見ているのがつらくなる。何よりも、自分が書いたものに意味があるのか、エッセイで書くほどの人生を生きているのかというところで、立ちどまってしまっていたのだ。同時に、最高の原稿を書かないといけないと自分にプレッシャーをかけていた。締め切りが迫る。最高のものを、最高のものをと思う度に、自分の書いているものと「理想」とのあいだに距離ができる。その距離を埋めることが地道に書く作業にほかならないのに、一気に解決できる策がないか探しはじめる。音楽を聴く、エナジードリンクを飲む、走る。どれも気持ちをあげてくれない。今になって思えば、書くことに近道はないということがわかる。一文字一文字を誠実に書きつけていくだけ。その繰り返しができれば、ある時点で、もう、ここまでくれば大丈夫という文章になる。私にできるのは、その瞬間を発見するまで、奇をてらうことなく書きつづけるだけなのだ、本当は。

なのに、私は、他人の眼を気にして、書けなくなっていることに気がつく。これを読むと、あの人はどう思うだろう。あれも足りない、これも足りない、といわれるのではないか。自分の内側で、自分を検閲してしまう。その誰かがずっといて、身動きをとれなくする。

中井は、先ほどあげた「執筆過程の生理学」のなかで、「内なる批評家」という概念を提起している。「内なる批評家」は、全体像を調整したり、細部に新しい意味を見出したり、「批評家」としての役目をしながら、決定稿に近づけてゆく。だが、「内なる批評家」は辛辣なこともある。それに、社会的な道徳やルール、人からの自分の評価を押しつけてもくる。だからこそ、「読者」が読める形に仕上げる役割を果たすのだが、その一方で、「内なる批評家」は、その文章が社会の価値や道徳性に沿わないときには執筆者である私に良心の呵責や罪悪感を抱かせる。批判精神が懲罰的になり、書きものをよりよくして終わらせるはずの批評家が過酷になってしまうと、執筆者は精神的な危機に陥ってしまう。編集者などが「ほどよい批評家」であればよいと中井はいう。

中井が指摘するように、書く過程、執筆する過程というのは、何と自分の傷や恥、自意識や自己批評が折り重なってあらわれるものなのだろう。私の場合、トラウマとその養生について書いているので、どうしても、傷をたどり、傷ついた記憶を思い出すことになる。書くことの困難さには色んな種類があるが、トラウマと一緒に生きる人が何かを書くとき、机に向かったり、原稿に向かったりすることに抵抗が生じるのは、書くことで自分が見たくないものと直面することの恐れにも起因しているのかもしれない。大事なのは、自分と向きあいつつ、周りにいる人のサポートを受けながら、書いたものとの距離を適度にとれるようになることだ。ああ、こんなことがあったなと距離をとれないのが、トラウマ的な記憶の特質なので、本当に難しいが、自分でも思い出せないこと、つらくて仕方がないことは、そのまま今はまだ受けとめきれないといってもよいのかもしれない。

トラウマを負った人が書くことで、それまで知られていなかったことが明らかになることもある。けれども、そうした書き物にはケアをしながら取り組むことが大事だ。私がこの本を通して言いたいのは、書くという表現でなくても、自分が表現したい方法で、トラウマ的な出来事について描かれたものが出てくることには大きな意味があるということ。そして、そうした表現をするとき、苦しみと向きあうとき、どうか自分に厳しくなりすぎないでほしいということに尽きるかもしれない。全部を曝け出さないでもいい、自分を大切にして、養生しながら、進めてほしい。完璧な自分でなくても全然いい。ただ、ここにいて、あなたの人生について話してほしい。そのために自分を大切にすることを恐れたり、恥じたりしないでほしい。あなたの人生の主役はあなたなのだ。そういうことを私はあなたにいいたいのだ。

私が何かを書いていて、最後の数段落、最後の一文に差しかかる。ほかには選びえない言葉の組みあわせを見つける。言葉が色鮮やかにあらわれ、この言葉だったのだという確信が生まれる。書き終えたとき、それまで見たことのない言葉の世界があらわれる。それは、自分で書いていながら、自分を超えた、社会的な言葉になっている。自分で書いていながら、他者に開かれている。読者に手渡せる何かを見出して、私はようやく一息つく。

金城宗幸・ノ村優介「ブルーロック」

私は、毎日のように漫画を読むくらい、漫画が大好きなのだが、書けなくなったときは特にスポーツ漫画を読む。「養生する言葉」の連載がはじまった頃に夢中で読んで、書くことと重ねあわせながら、影響を受けたのは、「ブルーロック」だった。

「ブルーロック」は、金城宗幸・原作、ノ村優介・漫画で、二〇一八年から『週刊少年マガジン』に連載されているサッカー漫画だ。二〇二一年には第四五回講談社漫画賞少年部門を受賞し、テレビアニメも放映されている。第1巻を読んだのは、ちょうどこの連載の原形にあたる同名のエッセイを書いていた二〇二二年一二月だったので、年越しも「ブルーロック」と一緒だった。「ブルーロック」が背中を支えてくれたといっても過言ではない。そして、たどり着いたのは、「ブルーロック」は自分の鎖のほどきかたを描いた漫画としても読めるのではないかということだった。

この漫画は、日本チームのW杯《ワールドカップ》優勝を実現するために選ばれた三〇〇名の高校生FW《フォワード》が、〝青い監獄《ブルーロック》〟と呼ばれる施設で、共同生活をしながら、トレーニングを行い、世界一のストライカーを目指す物語だ。「世界一のエゴイストでなければ　世界一のストライカーにはなれない」という持論のもと、特殊なトレーニングを組み立てる絵心甚八《えごじんぱち》が指揮し、「世界で一番フットボールの熱い場所」を創り出そうとする。それぞれのステージ、選考《セレクション》ごとに、負けたチームや敗者は去ってゆく、サバイバルサッカー漫画だ。一一人で戦うチームワーク重視のサッカーに対して、絵心は「点を取った人間《ヤツ》が一番偉い」と言い切る。「めちゃくちゃ」だと思いながらも、主人公の潔世一《いさぎよいち》は絵心の言葉に奮い立ち、〝青い監獄《ブルーロック》〟でのトレーニングを受けることになる。三〇〇名のうち、圧倒的なエゴイストとして勝ち抜いた一名しか残れないというサバイバルがはじまる。

　第1巻で、絵心はポジションや戦術を重視するサッカーの〝常識〟からするとありえない発想で、「全員がストライカーであること」をサッカーの「原点」だと言い切る。私は、この言葉に胸が高鳴った。自分のエゴイズムを出し切って文章を書いてみたら、何が見えてくるだろう。サッカーについて描いた漫画を読みながら、私は自分から出てくる言葉の中に個的な部分、エゴイズムとでもいえるような部分を見出したいと思うようになった。

「ブルーロック」が、「総当たりグループリーグマッチ」の物語に差しかかった頃、私の目を奪ったのは、馬狼照英《ばろうしょうえい》だ。馬狼は「ピッチの上」の「王様《キング》」を自任している。潔のチームも馬狼のチームも崩壊寸前だったが、馬狼の鮮烈なシュートで、馬狼のチームがまとまりはじめる。「強烈な〝1《個性》〟」が「仲間の指針」になり、「チーム」が生まれてゆく。「0《ゼロ》」、しかも、「秩序《ルール》のない〝0《ゼロ》〟」を「1《イチ》」に変えるということ。これは書くときにも本当に苦労することだ。心の中に、無際限に蠢く、書くための欲動がある。この激情のような秩序のない状態を言葉で表現しようとする。暴れ馬のような欲動をどうやってこの世界に表現しうるのか。「0《ゼロ》」

を「1《イチ》」に変えるのか。

精神分析で知られるジークムント・フロイトは、無意識の領域で蠢く無秩序な激情を「エス」と呼んだ。その意思を行動に移すためのものを「自我《じが》」と捉えた。まるで、騎手と馬の関係のように、強力な蠢き、衝動を持った「エス」を「自我」は乗りこなそうとするのだという。だが、喰われてしまうかもしれないほどの衝動に突き動かされているということでもあり、「自我《じが》」は「危機的な状態」でもある。私は、馬狼が「秩序《ルール》のない〝0《ゼロ》〟」を「1《イチ》」に変えた瞬間に書くこととの類似を見た。書くこと、それもまた「エス」と「自我《エゴ》」の激しい戦いである。激情としての蠢く「エス」があり、書く動機になっている。だが、それだけでは蠢いているだけなので、騎手のような調整弁である「自我《エゴ》」が必要になる。書いているあいだ中、この両方が自分の意識や無意識のなかで働いているのだろう。私は、苦しい執筆を続けながら、自分に何が起きているのかを知ろうとするときに、この「エス」の蠢きを無意識のうちに感じていたのだ。

同時に、フロイトは、「超自我《スーパーエゴ》」という概念も導入して、「エス」、「自我《エゴ》」、「超自我《スーパーエゴ》」という三つの概念で、心の働きについて説明する。「超自我《スーパーエゴ》」は社会的なものであり、「自我《エゴ》」を上から監視し、ときに抑圧もする存在だ。中井の「執筆過程の生理学」で先ほど触れた「内なる批評家」というのはまさに「超自我《スーパーエゴ》」のひとつといえるだろう。「自我《エゴ》」は、暴れ馬としての「エス」だけではなく、上から締めつけてくる「超自我《スーパーエゴ》」の異様な「厳格さ」にも晒されている。

「超自我《スーパーエゴ》」は社会的な道徳やルールにちゃんと従うことを教えてくれるが、それは抑圧ともなる。書くというのは、欲動としての「エス」、バランスをとり、調整しようとする「自我《エゴ》」、他者の目線、社会の目線で自分を律しようとする「超自我《スーパーエゴ》」の三者がせめぎあいながら行われる実践や現象なのだろう。書いているとき、塞ぎ込みそうになったとき、ひとまずの図式として、私はあまりにも社会や他人の眼を気にしすぎている、つまり「超自我《スーパーエゴ》」が優勢であることを感じていた。

私の物語は私のもの

「ブルーロック」では、無意識の領域で蠢く「エス」の情熱や、「超自我《スーパーエゴ》」という、常識的であるがゆえに自分をさいなむ存在との葛藤が描かれている。常識的なサッカーをしなければならないという抑圧とどう向きあうのか。どこかの時点で、この抑圧と戦わなければならない。つながれた鎖をふりほどく必要がある。私は「ブルーロック」を読みながら、この物語は鎖のほどきかたについての物語であると感じる。

第3巻で、俊足のFW千切豹馬《ちぎりひょうま》が自分の怪我と向きあい、鎖をふりほどいてゆく場面がある。このときの鎖とは何か。千切の姿を見ながら、私は、小さな頃から、書くことでしか何もできなかった自分を思い出す。サッカーにすべてを懸けてきた千切は、怪我への不安と同時に、周りの人からかけられる言葉が鎖となって縛られる。それは理想の自分であらねばならないという鎖である。千切はサッカーの「天才」と呼ばれていたので、私自身を重ねるのはおもはゆいが、「諦め」という呪いをほどいてゆく場面にはとにかく励まされた。

諦めないチームメイト潔世一の姿を見て、千切の胸は熱くなり、たぎる。それは、千切が、サッカーをはじめたときに感じた「〝誰かをブチ抜く〟」という「快感」を、もう一度、思い出すことでもある。もう一度、最初の喜びを思い出したとき、自分のはじまりまで遡り、自分では気がついていなかった抑圧に千切は気がつく。この場面は自分のなかに残る傷との出会いなおしでもあり、読んでいて苦しい。けれども、千切は自分の傷をいまの自分の人生に位置づけ、自分の歴史を歩き出そうとする。ここから始まるのは千切豹馬の新しい物語だ。

私は千切の物語を受けとりながら、胸が震えてくる。誰かによって植えつけられた諦めをふりほどくことは確かに可能なのだ。こう書かないといけないと諦めていた私は自分の鎖のほどきかたをイメージしはじめる。私の物語は私のもの。誰にも譲り渡さない。そう気がついたとき、私ははじめて、自分の中から湧き出たものを書くようになる。他者に気に入られるか、他者に評価されるかではなくて、自分の内側で蠢いていたものとの新しい出会いである。同時に、これを他者に伝えてみるという挑戦でもある。

この漫画にはすべての人に物語がある。第23巻で、潔が、「人間《ヒト》は皆《みんな》〝主人公〟なんだ」と気がつく場面がある。「この世界は無数の物語と〝主人公〟で回ってやがる!!!」と。誰の人生も、誰の存在も、誰かの物語の脇役ではない。この言葉が響いたのは、私自身が自分を脇役にしていることがあるからだ。同時に、私もまた誰かを脇役にしていると気がつくことがあるからだ。

言葉で何かを書くということは遠くにいる誰かにまで伝わることでもある。伝え損ねた言葉やし損ねたこと、理不尽なこと、自分の主張と他者の主張の相違が起こりそうになったとき、自分の物語のなかに相手を組み込みそうになる。相手も同じことを私にしようとする。これらのぶつかりあいがどうしても起きる。見つめ返された眼に出会ってはじめて自分の姿が見える。冷たい眼、他人事の眼、正しさのジャッジメント。それらが自分を縛る鎖になるときこそ、踏み出す瞬間なのかもしれない。書くことや話すことやここにいることを私はやめない。ただそれだけの決意だが、これは自分を取り戻すための戦いだ。そして、あなたがあなたとして生きてくれますようにとはじめてそのとき願う。あなたが他人で、私にはどうしようもないことがあるとき、私は私の価値判断の基準を見直すだろう。私は苦しみながら自分を変えてゆく。届かない言葉が届く。それはいつも喜びに満ちているわけではない。それでも回路を閉ざさないでいるにはどうしたらいいのか考える。

私は真夜中に「ブルーロック」を読み返す。それぞれの物語が熱量を放っている。書くということは自分という他者を恐ろしい強度で見つめることだ。自分の鎖の姿を確かめて、自分の鎖のほどきかたを私たちは発明してゆく。私にとっての書くことをあなたは別の仕方でするかもしれない。その苦しさのなかで、私たちは新しい自分と他者を知る。

6

助けを求められる社会のために

休みのときにすることリスト

ハードルを下げることはとても大事。

毎年、酷暑の夏が続く。お盆休みになったらやろうと思っていたベランダの掃除も、窓ガラス拭きも、今年は、全部、お休み。そんな年が続く。外に出るのも大変なので、何日かに一回、スーパーマーケットでごはんを買ってくる。寝てばかりいると、体はなんとなく休まってきたように思うのだが、罪悪感を覚えてしまい、根本的なところで休めていない気がする。

こんなに自堕落でいいのか。そんな心の声が聞こえてくる。

休んではだめだ。遊んではだめだ。

そんなメッセージを子どもの頃に受けとってきた人は案外多いのかもしれない。そして、こういうメッセージを受けとると、休むのが楽しくなくなる。休み下手は家族のあいだでも形づくられるし、時代の雰囲気などにも左右されるだろう。私は、休むときの心のハードルを下げたいと思った。でも、それがなかなかできないのだ。そうしているうちに、夏休みの大半が終わろうとしている。どうすれば休めるかを休みになってから決めると、計画する時間に追われて、気が休まらないものなのだな。そう気がついて、まずは休みのときにすることリストをつくってみることにした。やりたいことや楽しめそうなことを書き出す。夢がどんどん膨らんだ。

お盆休みが明けて、色々なことが動き出した。案外、すぐに街はもとどおり動く。誰にも会わずに一週間くらい過ごしたので、どう話せばいいのかを忘れている。でも、とにかく、連休の最後の日に美容院に行った。私が通っている美容院の美容師さんはハードルを下げる天才なので、気が楽だ。美容院に行くときの、そこはかとない緊張感、美容院にゆくために何か美容をしないとならないのではないかという気負いがゼロで済む。「ボッサボサで来てくださいね」という全肯定からはじまり、「悪いことが続いているんで、こういうときはバッサリ切った方がいいですかね」という抽象的な問いにも、「バッサリの方がいいです」と即答してくれる。頼もしい。映画を観にゆこうかと思っているのだが、本当は暑くて仕方がないという話をしたら、今日はもう髪の毛を切ったんだし、お菓子を買っておうちでゆっくりすればいいですよと話してくれる。話しているあいだに、あれもしないと、これもしないと、というハードルがどんどん下がってゆく。その美容師さんは、したくないことはしなくていいし、楽しいこと、気持ちいいことを優先させていいのだよと、教訓的なものを感じさせない調子で告げてくれるような気がする。

連休が明けて、怒濤の事務作業が待っていた。家に帰ると何もやる気がしなくて、好きな映画とドラマだけを観て過ごす。ポップコーンを食べようかと思ったけれど、買いにゆくのが面倒なので、コーンフレークをつまむ。原料はだいたい同じだが、味はまったく違った。休むことのバランスを見極めようとしながら、休みきれない日々は続いた。

それでも、八月の終わりに、久しぶりに会う人にたくさん再会した。話の本筋からそれてする会話とか、ぽっかりと生まれた時間にこそ、生きているという実感がわきあがる。

三時間くらいカフェで話したあとで、近所にある川を見せてくれた人がいる。水面が夕暮れ前の陽射しのなかで小刻みに揺れる。さざなみがどこまでも広がる。生き死にや時代の移り変わりが凝縮されたイメージとして流れ込んでくる。近隣の人びとが憩い、にぎわう河原やその先にある川面を見ていると、何も考えない時間が自分のなかに生じる。さわさわという川の音や光と影に揺れる波。現在に意識がつなぎとめられて、自分の輪郭がはっきりする。疲れたら、川を見るとよいな。休みのときにすることリストに書きとめる。案内してくださった方が想像するよりも、はるかに救われた思いになっていた。

月が明けて九月、深大寺にゆく。よくないことが続いていたので、厄除けの護摩祈願をしてもらう。これも誘ってくれた人がいて、親切に寺の周辺も案内してくださった。受付をすませて、深大寺そばを食べる。天ぷらも一緒に。海苔を天ぷらにするのがこんなに美味しいとは。とんでもない暑さは続くけれど、こういう日があると楽しい。お腹がいっぱいになると、深大寺の隣にある神代植物公園を歩く。春にはサクラやツツジ、秋にはサザンカが咲くという。ばら園もあり、少し季節をはずれたが蓮も見られるらしい。ときどき、花や緑を見たほうがよいな。私はこれもまた休みのときにすることリストに書き加える。護摩木の焚き上げは凄かった。煙を少し浴びるような感じなのかと想像していたが、法螺貝と太鼓とともに読経がはじまると、壮大な祈禱の世界であった。

帰りに門前にあった鬼太郎茶屋（現在は移転）に寄って、昔読んでいた『小学館入門百科シリーズ32　妖怪なんでも入門』の完全復刻版を買う。付録についていた「生誕100周年記念水木しげる　妖怪ミニびょうぶ」には、「なまけものになりなさい」の文字。なまけることをおこたってはいけないなと思いそうになって、おこたってはいけないという考えも、人生のハードルを高くしてしまうなとぼんやりと思う。

頑張る、やる気を出す、全力で、必死に。

これらの言葉は影響力が強いので、しばらくやめておくことにする。

深大寺で最近おもしろかった本も色々教えてもらって、津村記久子の本を読むようになった。もともと好きで読んでいたが、ここ最近の津村の小説を夢中になって読んだ。最初に読んで印象に残ったのが短篇小説「レコーダー定置網漁」（津村記久子『現代生活独習ノート』講談社、二〇二一年）。これはまぎれもなく、ハードルを下げることについて書かれた小説だった。

無理をしないこと、適当でいること

「レコーダー定置網漁」は、入社志望の学生のＳＮＳのチェックをしている、会社員の「私」が語り手。疲れを癒すためにリフレッシュ休暇をもらうが、もう、リフレッシュする気力も残っていない。SNSの脅迫的な力に溺れそうになり、気持ちが休まらなくなる。わる。自宅で、『刑事コロンボ傑作選』をレコーダーに録画して観ているが、コロンボシリーズの放送が終わったあとも、自動録画だと同じ時間枠に放送された別の番組が録れる。偶然、録画されていて出会ったのが『自炊ヘルパー！』という番組だった。

『自炊ヘルパー！』は、夜遅くでもスーパーで買える食材で、手早く一品つくる番組、つまり、「料理ではなく自炊の番組」である。先月、離婚が成立し、何もやる気が出ない状態にあるという加賀美綾子先生がつくる料理に、アナウンサーの松田さんは、「外食を何にも決めたくないけど何か作るのもめんどくさいしかといって出前やインスタントも嫌だ、という時にこれ作ろうと思います私」とコメントする。松田さんの気持ちはほとんど私の気持ちと重なっていて、何度もうなずいてしまう。何か食べたいけれど、面倒くさくて、でも、ある程度、体によさそうなものを食べたいなというときに観たい番組だなと思う。

最近、料理のハードルを下げる番組やコンテンツが増えてきて、ほっとする。私のなかでは、ごはんを炊いて、納豆を用意すれば、そこそこ料理をしたなという気がするし、みそ汁が加わると十分だ。これまでの人生のなかで、出汁をとったり、時間がかかる料理をつくって過ごしたこともあるのだけれども、だんだん、時間と気力が追いつかなくなってきた。何事も変化してゆくので、いずれまたゆったりとごはんをつくるかもしれない。だけど、その日まで、私はハードルを極力下げたごはんをつくっていたい。自炊や料理を嫌いになりたくない。「レコーダー定置網漁」の加賀美先生と松田さんのやりとりが心に沁みるのは、それぞれが置かれている大変な状況を踏まえ、思いやりつつ、最小限に設定したハードルをクリアすると、おいしいごはんが食べられるという前提を共有しているからだ。生きていると何ごとかあるでしょうということを、ふたりともわかっている。でも、手早く、気負わず、おいしいものを食べましょうというふうに、事情を勘案し、距離を保っているので、読んでいて、安心できる。

どうやら、この「ムーンTV」というテレビ局は、人生のハードルを下げる番組をたくさん放映しているようだ。『自炊ヘルパー！』に出演していたアナウンサーの松田さんは、『週刊ムーンTV』という番組のメイン司会者でもある。週間ニュース解説、血液型占い、人生相談、天気予報まで幅広く扱った番組であるが、松田さんのコメントには含蓄があるらしく、読者である私は、この番組を本当に観てみたくなる。私が胸を打たれたのは「ムーン人生相談」の場面。

「おしゃれで、充実した生活をしている友人」から、「あなたの生活にはスタイルというものがないの？」といわれた三一歳の女性の相談。「彼女の真似をしたらよいのでしょうか？」という その相談に、司会者の松田さんは、全力で、「その人の真似をしてはいけません」と答える。そして、同じ番組に出ているもうひとりの女性アナウンサー林本さんも、それにうなずく。誰かのライフスタイルを真似するのをやめさせようとするふたりの姿に切実なものを感じた。松田さんたちが説明するとおり、「ライフスタイルを作るということ」は、絶え間なく、数多い選択肢を組みあわせ、かつ、マスメディアやSNSが提示する情報にもあわせつつ、他人からのジャッジや自分の立ち居振る舞いに至るまでが絡みあった複雑な作業だ。膨大な情報の海のなかで選択肢すら見えなくなってしまうこともあるだろう。ついさっきまで信じていた情報が、次の瞬間、形を変えることすらありうる。さらにはようやく選んだものに難癖をつけられることもある。

松田さんは、「疲れてるからしばらくは適当でいる」とその友人に話してもよいのではないかという提案をする。本当に、「適当でいる」というのは大事なことで、私も、ついメディアのなかの素敵なライフスタイルや誰かから聞いたライフスタイルにあわせようとしてしまうことがある。けれども、大抵、続かない。三日、三週間、三ヵ月くらいが関の山。生活スタイルのちょっとした違いという意味を超えて、自分の命や生きるという水準でしっくりこないものは避けたほうがよい。無理をしていると、いつのまにか、のびのびとした自分がいなくなってしまう。膨大な情報の洪水のなかで、何とか、自分にとって無理のないものを見つけて生きるのはとても大事なことだ。

このテレビ局では、『街かど出たとこクイズ!』、『スポーツ・アンド・ミー』、『地味旅ムーン』などが放映されている。語り手の「私」はこれらの番組を観ているうちに、少しずつエネルギーをたくわえ、自分のペースで動き出そうとする。人にはそれぞれ何か抱えていることがあって、辛かったり、苦しかったり、立ち直れなかったりする。それでも、生きてゆくときのハードルが少しでも低くなりますように。そして、無用にハードルを高くする社会を変えてゆけますように。この小説を読んでいると、読者である私もまた自分を縛るものから自由になりたくなる。

正しい、正しくない。こうすべき、こうすべきではない。こうあるべき、こうあるべきではないといった、自分や他人を裁き、型にはめようとする言葉があふれているのが現状だ。これらの言葉は、どちらか一方を選び、どちらか一方を切り捨てる「基準」をつくってしまう。物事の是非を裁くことが最終的な目的となり、あらゆる事柄は、正しいか、誤っているかをいうための材料になってしまう。「すべき」や「らしさ」の呪いをどんどんほどいてゆくのがよい。ジャッジしてきたり、何かを強いてくる人に「ノー」をつきつけてもいいのだと知ることも大事だ。もちろん、色んな事情で「ノー」をいえないことも多いが、自分の存在やこの生のあり方を軽視するのは不当だと主張してもよいし、受け入れられないことを受け入れなくてもよいと憶えていることは、生き方の余力を増やしてくれる。

津村記久子『水車小屋のネネ』

偶然ではあったが、津村記久子『水車小屋のネネ』（毎日新聞出版、二〇二三年）は、ちょうど私が生まれた一九八〇年の次の年から二〇二一年までの四〇年を描く小説で、自分の人生を振り返っている気持ちと重なって、読みはじめるとやめられなくなった。

一九八一年、一八歳の山下理佐は、八歳の妹の律と一緒に、川がある山あいの町へと引っ越してくる。水力発電所があり、その川の支流沿いには水車小屋の石臼でそば粉を挽くそば屋がある。石田守と浪子夫妻がきりもりするそば屋は近くにある役場や水力発電所の人たちでにぎわっている。津村の小説を読みながら、ひとつの町があらわれ、人々の声が聴こえてきた。物語の世界に入ると、ひとりではない気がして、その世界の音や色や匂いを受けとめる。

この小説で印象的なのは、タイトルにも登場するヨウムのネネだ。ヨウムとは、尾が赤く、灰色の、オウム科の大きな鳥のこと。そばの実を挽くとき、空挽きしないように石臼を見守っているのがネネの役目だ。ネネはさまざまな場面で人の言葉を真似たり、その語彙でおしゃべりをするのだが、この小説ではネネの存在が人々を結びつける鍵になっている。いつもそこにいてくれる心強いネネの存在に、私はとても惹かれた。

理佐と律がこの町にやってくることになったのは、母との関係、その恋人の増村との関係に押しつぶされそうになったからだ。母親は、増村の事業のために理佐の短大の入学金を無断で使ってしまう。理佐が小学四年生のときに父と母が離婚したのち、母と妹と自分の三人で仲よく暮らしてきたつもりが、増村の影が差しはじめると、理佐や律と母との関係は急に上手くゆかなくなる。理佐が律を連れて家を出ることになった決定的な出来事は、増村が夜中に律を家から閉め出すようになったことだ。

これまでの津村作品でも描かれてきた、境界線を壊される子どもたちの姿があって、本来は保護する立場の人から傷つけられ、苦しめられる展開が胸をしめつける。『水車小屋のネネ』は子どもたちが受ける苦難や不当さとそこからわずかにでも逃れられる居場所をめぐる物語でもある。家にいる大人の機嫌が悪く、いつもイライラしているとき、子どもには居場所がない。寄る辺がなくなる。それこそがまぎれもなく大人と子どもの非対称性なのだ。

入学金を使われたことを契機に、理佐は、アルバイトをしている文具会社の倉庫の同僚である光田さんからアドバイスを受けて職安に通うようになる。そこで、「鳥の世話じゃっかん」と付記してあるそば屋の仕事を見つける。理佐と律は、水車小屋とそば屋を中心にさまざまな人と出会い、助けられたり、助けたりしながら、この土地で四〇年の歳月を生きることになる。子どもが苦しいときに、その場所を逃れることができた物語に私はいつも惹かれる。

私が子どもの頃、「逃げたい」と思ったことは何度もある。

でも、どこに？

子どもが安心して逃げられる場所はこの世界には少ない。

自分がそこにいてもいいと思える場所があって、自分たちを傷つける人たちのそばにいる必要はないということを『水車小屋のネネ』は教えてくれる。増村から逃れてきたふたりを迎え入れた石田守と浪子。絵描きで、かつてそば屋の先代の益二郎に水車で岩絵の具の材料を砕いてもらっていたのが縁でネネの世話をしていた杉子さん。『水車小屋のネネ』には、頼りにできる大人、公平に子どもと接する大人が登場する。私は、子どもに公平に接すること、いうことをその都度変えたりしないで、いつでも頼りにできる灯台みたいな存在であること、でも、間違いもするし、失敗もするし、それでも話しあって、自分を善い方向に導こうとできるのが大人だと思うので、家出をしてきたふたりの子どものそばにそうした人たちがいたことをうれしく思う。

その中でも、印象に残っているのは、ひとつの出会いが、ある人の生き方を根底から変え、ちっぽけで、偽善者のようで恥ずかしいなと思ってしまうような誰かへの心づかいや親切を生活の習慣にしてゆく場面が、この小説では、数々、描かれているということだ。

律の小学校三、四年生の担任だった藤沢静子先生は、律との出会いで、他者を助ける生き方をするようになる。周りにいる人に小さな親切や手助けをしたり、遠くにいる人たちのことを思うような生活を藤沢先生は続けるようになる。

また、家族のなかで起きたある事件がきっかけで、音楽大学のピアノ科在籍中に留学する夢が絶たれ、水力発電所の清掃の仕事をするため、理佐たちが暮らす山あいの町にやってきた鮫渕聡は、一度、「もう、自分は終わった人間なんだ」と絶望する。しかし、理佐と出会い、「まだ終わりじゃない」と思いなおす。この世にどうでもいいこと、どうでもいい人など存在しない。その人を支える人がおり、その人が生きるための社会や制度がある。だから、自分の生を精一杯生きよう。同時に、苦しんでいる誰かがいたら、傍らにいよう。そういう生き方を彼女たちはしているのだ。

『水車小屋のネネ』では、時代背景がしっかりと描かれ、人と人を結びつけるのを難しくしているのは何かを鮮明に描き、それをどのように解消できるのかまで示されている。

二〇〇一年に、ふたつ隣の市にある工場で働く外国籍の工員が逃げ出したという話が広がり、その人を捕まえる「〈にんげんがり〉」をしようとする中学生の挿話がある。他者を排除するこの社会の縮図のような出来事。工場で搾取され、苦しんできた彼女たちをさらに追いつめる仕打ちだ。「〈にんげんがり〉」をしようといった友だちについてきてしまった笹原研司という少年は、すんでのところで、逃げていた女性を水車小屋に隠す。この社会のなかで凄まじい勢いで行われ、繰り返されている憎悪や排斥の言葉や行動は子どもたちをも暴力に駆り立てる。歴史を知ること。人間を知ること。攻撃や暴力や差別につながることをしそうになったら、その手前でとどまること。自分の過ちを認めて、二度と同じことをせず、生きなおすこと。二度と誰にもそうした暴力が起こらないようにすること。研司が知ってゆくのはそうした世界だ。

『水車小屋のネネ』の舞台になっている時代は「自助」が大事だといわれ、自己責任で上手くやってゆくことを求められつづけた時期と重なっている。どんどん、公共のサービスの予算が削減され、公的な支えがなくなり、セーフティネットがなくなっていった。「公助」が削られて、自由競争で押しのけあい、強い者だけが勝つ世界からこぼれ落ちた人たちがたくさんいた。『水車小屋のネネ』を読みながら、どれだけの同時代人がこの時代を生きられなかったのかということを思った。人は物のよう。人は使い捨て。そんな世の中を私は望んでいない。人や自然は利益をあげるために存在しているのではない。調和して生きる方向性を本気で模索しなければ、生きづらさは増すばかりだろう。

誰も助けてくれない。社会は変わらない。だから、自分が強くならなければ。

そう思い込んでいると、社会が自分を支えてくれないのを当然だと思うようになる。まわりの人は敵で、蹴落とさないといけない相手で、たがいに一緒に生きているという感覚をなくしてしまう。もう一度、この社会を誰にとっても生きやすくするには、苦しいときは必ず手助けするよという手助けの回路がたくさん開いていることが必要なのではないだろうか。

私は、ごはんが食べられないとき、眠る場所がないとき、医療が受けられないとき、学校に行くお金がないとき、セーフティネットがあって、ちゃんと包んでくれる社会であってほしいと思う。競争するのではなくて、一緒に幸せになるにはどうすればいいのか、誰も取り残さないためにはどうすればいいのかを考えられる社会になってほしい。だから、小さな親切や小さな手助けを恥ずかしいものとか、偽善だとか思わず、何のためらいや迷いもなくできる自分でありたいと思うし、そういう世界であってほしい。『水車小屋のネネ』で描かれる親切は、最初は勇気がいったが、少しずつ、それが当然の習慣になってゆく様子がさりげなく描かれていて、最初に踏み出す大変さが伝わってきた。

自分の手助けを欲している人などこの世にはいないというあきらめをふりほどいて、自分にも誰かを手助けすることができると信じて行動するようになる。その瞬間が生き生きと描かれていることが素敵だ。

「誰かに親切にしなきゃ、人生は長くて退屈なものですよ」という藤沢先生の言葉が心に残る。『水車小屋のネネ』を読んでいると、小さな頃から現在まで、私がこれまでにしてもらった親切が蘇ってくる。その人にとって、私を助けることがたいして「利益」や「得」にもならない時に助けてくれる人がいる。損得ではなくて、目の前にいる人の苦しみと向きあう。これまでにしてもらった親切をどこかで記憶していて、だから、誰かに少しでも親切にしたくなる。でも、親切にすることは難しい。こちらが親切だと思っていたものが、相手の負担になることすらある。自分と他者のあいだで親切はゆっくりと形をなしてゆく。

助けてというハードルを低くする社会へ

自己責任、使い捨て、弱肉強食、セーフティネットの崩壊、選択と集中etc。一九八一年から二〇二一年とは、まさに、人を選別し、誰に親切にし、誰に冷たくすればよいのかを選ばされた時代だ。見返りは何か、忖度はできるか、見捨てるならば誰か。毎日を生きるお金がない。食べものがない。そんなぎりぎりの毎日なのに、お互いを敵だと思うように仕向けられる。私は、もう、こんな世の中に我慢できなくなっている。私と誰かを何が結びつけ、何が分断させようとしているのか。生まれてきた場所や親との関係、子どもの頃の環境、これらは確実に私たちの生を規定する。しかし、公平に自分を扱ってくれる誰かがいれば、人生ははるかに違うものになる。

私が子どもたちのことを思うのは、本当にどこへも逃げられないことが多いからだ。この社会は、とにかく、逃げられない。『水車小屋のネネ』をはじめ津村作品はただ逃げればいいよというのではなくて、苦難も描く。その上で、そこが居場所になった人たちがちゃんとこの世界にはいることを見せてくれる。しかし、津村の作品には、誰かを丸め込むような解決策や誰かに皺よせが行くようなハッピーエンドは描かれない。ままならなさや居心地の悪さの中で、それでも生を肯定する人々がそこにはいる。

自分にも余裕がない。それでも、素通りできない。このふたつのあいだで心は揺れる。しかし、その揺れを合図にして、一歩踏み出す。その勇気が静かな良心の第一歩なのかもしれない。この人は、ここにいていいか、生きていていいか、存在を認めてもいいか、そんなことではなくて、どんな歴史を生きてきて、何を考え、自分とどう違うか、知ってゆくこと。それを毎日続けてみたい。相手を知ること、知ろうとすることは他者とともに生きることの障壁を下げるように思う。

自分にも、他者にも、高いハードルをつくって、これを飛べないと助けないよというのは、全然、親切じゃない。社会は変わらないというあきらめや思い込みがハードルを生む。素晴らしい他者、自分がこうあってほしい誰かしか助けないというのでは、苦しんでいる人のハードルはどんどん上がって、手助けを求められないだろう。そんなハードルをどんどんなくしていくことではじめて、本当の意味で社会のバリアや障壁がないものになる。

私たちは誰でも、ごはんを食べて、ゆっくり眠り、散歩にゆき、遊びにゆき、養生してよい。私たちには誰でもその権利がある。なのに、ある人たちにだけそのハードルが高く設定されていたら、それはおかしな話なのだ。だから、何よりも、国や自治体が人々を支える「公助」が整っていなければならない。そして、一緒に生きている人を何のてらいもなく手助けできる「共助」ができるようになる。そして、何も恐れることのない中で、「自助」を行う。私にはこの順番こそ人が生きる社会の環境なのだと思う。

社会のハードル、自分のハードル、他者のハードル、それらを生きやすい位置に戻してゆきたい。この数十年は、親切にすることや誰かを手助けすることに冷ややかな「冷笑の時代」でもあった。しかし、そんな冷笑の時代は遠ざかり、苦しむ人のそばに立つことが当然だよねといえたらいい。大袈裟なことはしなくていいのだ。誰かと過剰にコミュニケーションをとる必要すらもない。すごく単純な話なのだけれど、人に親切にするというのは理念や目標ではない。相手が何を必要としているのかを聴くことや知ることなのだ。これなら生きられると思えたら、生の手触りが蘇る。完璧を求めるのではなくて、自分にできることをひとつずつやろう。疲れたら、燃え尽きないようにちゃんと休もう。

私は、この夏、そんなことを考えていた。

7

自分を
笑わない
誰かと
生きる

言葉の景色が荒れ果てていた

言葉の調子が悪い。四角四面の言葉しか使えなくなっている。四角にも四面にも罪はなくて、ときほぐしたり、丸くしたりできるはずの言葉をいつも同じかたちで使おうとしてしまう。思い出してみると、最近、のびのびとした言葉を使わなくなっていることに気がついて愕然とした。この数年、私は伝えるための言葉をずっと使ってきた。伝えるというのはとても大事なことで、伝えるための言葉をどれだけていねいに選べるのかを突きつめることの意義を嚙みしめてもいる。しかし、いつの間にか、正しい言葉や情報として効率よく伝わる言葉を目指すようになっていた。そうしているうちに、余白の部分をほとんど削っていたのである。

余白の部分を削ると何が起きるか？

息苦しい。動きづらい。ピタッとはまって見えたのに、時間が経ってみると、ぎゅうぎゅうになったおもちゃ箱、詰め込みすぎたワードローブのように、とりだそうにも、どこにあるかわからない。手を差し入れたくても、入らない。だから、言葉が出てこない。隙間や余白の大切さはこういうときに改めて感じるものだ。「遊び」がどれだけ言葉にとって大事だったかということに気がつく。

言葉の養生をしてみよう。

思い立ったが吉日で、言葉の使いかたを変えてみる。

よい言葉を使いましょうみたいなことではなくて、押さえつけてきた言葉を解放することにした。夜、寝る前に思いついたままに何かを書くようになった。パソコンでは目が冴えて眠れなくなるから、原稿用紙に鉛筆で書く。もともと、書きはじめに迷ったときなどは原稿用紙に書くことが多かったので、原稿用紙はたくさん持っている。最近では、何万文字といった言いかたが増えて、四〇〇字詰換算で話すことも少なくなった。原稿用紙を売っている店もめっきり減ってきた。見つけたら買い足すを繰り返すうちに意外とストックが増えていた。

原稿用紙は色々な想像力を掻き立ててくれる。マス目のひとつに文字を書いたあと、次の一文字をどうつなぐか、なかなかスリリングだ。パソコンでは、コピー＆ペーストができるので、入れ換えやすくて便利だが、原稿用紙だと次の一手を考えることになる。一気呵成に次の言葉を書くこともあれば、長考することもある。囲碁や将棋やチェスのような雰囲気にもなってきて、言葉をどう置くかがまずおもしろい。もちろん、校正記号で入れ換えたりもするし、取り消し線で削除したりもするが、先を考えつつ、この一手を決めるのが心地よい。ふとんに寝転がって書いているので、消しゴムは使わない。家にあった3Bの鉛筆を使いはじめたが、柔らかい。沈み込むようで眠るのにもちょうどいい気がする。しかし、書いている内容は、血にまみれていたり、苦しくなるものも多い。

皆殺しが起こった学校の話とか、緑の豊かな街が破壊に巻き込まれたときのことだとか、殴られる場面、切り裂かれる場面、善意を持った人たちが悪人を殲滅したら、また悪人をつくらなければならなくなった村の話など、テーマは何となくあって、ひとまとまりではあるが、関連性もないまま、ただ書きつけてゆく。昼間に見たものの心象や記憶を思うままに書いてゆく。

言葉の置きかたに注意はむけるが、上手く書こうとはしない。セラピーではないので、カタルシスに導きもしない。日記でもないので、正確に書くわけでもない。短歌のような五七五七七の音数で書く部分も多い。原稿用紙が何枚かめくれたところで眠っている。朝、起きて読み返すことはあまりないが、昼の光のなかでたまに読んでみると、何というひどい世界に生きているのかと思う。しかし、まぎれもなく、これはこの人の現実を書いたのだなと、昼間の自分は客観的に読む。けれども、夜、原稿用紙にむかっている人は、自分であっても、他人なので、踏み込まない。添削したり、書きなおしたりは決してしない。

いわゆる自由連想にはなっていて、思ったままをただ書くだけだ。内容も、これを書かなければならないと思って書くのではなくて、湧きでたものを書く。言葉の使いかたも、制約をできるだけ減らす。比喩やリフレインや擬音など何でも使う。音だけが屹立した言葉もあって、自分でも意味がわからない。伝えるための言葉ではない言葉ができている。自分の心の奥底にあった物語が姿をあらわす。

戦争が起き、人々が虐殺され、労働者が虐げられる社会のなかで、物語を社会と切り離して考えることはできない。だが、そうやって物語に向きあうことで、自分だけの無意識の領域に少しだけ近づく。自分が見ていたのはこういう言葉の景色だったのだ。傷や痛みに満ちあふれている。明るい風景がほとんどないことにも驚いた。それを書く過程では、言葉遊びがあって、愉しみもあったのだが、できあがったものの姿は苦しい。

明るい文章を書く方法、ポジティブな文章術といったもので、この景色をつくりかえると、それは言葉を抑圧することになる。駅前の高層ビル建築のために、もとからそこにいた人を排除したり、公園からベンチをなくしてしまう様子にも似ていて、無理やり再開発してしまうと、そこにいた人やそこにあった景色そのものが失われてゆく。それはかけがえのないものの抹消にほかならない。何よりも、自分が見ている言葉の景色が荒れ果てていたとき、そこにポジティブな置き物をたくさん置いても、言葉は育たない。自分の体の根底の部分で納得していないのに、「私はできます」、「今日も元気です」と言いつづけていると、表面を取り繕うだけになって、泣きながら、ニコニコしていないといけないような引き裂かれた気持ちになる。

気がつかないうちに、大量の孤独や絶望、死のイメージを受けとってきたのかもしれない。そして、そのイメージが世界のすべてになっていた。しかも、大量にそれらの言葉が自分のなかに蓄積されていた。私の本質的な部分だとか、私の変えられない部分だと思い込んできたものは、言葉でできていて、凝り固まっていた。しかし、言葉でできているので、言葉をずらしたり、揺るがしたり、ときほぐしたりするなかで、この言葉の景色は変わりうるかもしれない。ここまで、言葉の調子が悪いというふうに、自分を中心にして考えてみたが、そこに住む言葉のほうが大変な思いをしている可能性もある。その言葉たちが生きられる環境を、私は整えられているだろうか。傷について、痛みについて、もう一度、言葉とつなげて考えてみたくなった。そのときに手にとったのが、文月悠光の詩集『パラレルワールドのようなもの』だ。

文月悠光『パラレルワールドのようなもの』

文月悠光の第四詩集『パラレルワールドのようなもの』（思潮社、二〇二二年）を読んだとき、文月がこの時代のなかで詩を書く意志がはっきりと伝わってきた。これまでの文月の詩集も時代と格闘してきた詩ばかりだと感じていたのだが、『パラレルワールドのようなもの』は、よりいっそう、コロナ禍にあらわれた叫び声と向きあい、同時代の傷や痛みを伝える言葉になっている。この数年のあいだに顕在化してきた差別やハラスメント、ヘイトクライム（もちろん、それらは、これまでの数十年、数百年、数千年、潜在していて、私たちの目前に姿を見せながらも、私自身も含む、多くの人が見ないですませてきたものだ）についても描かれた詩集だった。

実は、この詩集を読んだのは三度目だ。二〇二二年に発売されてすぐ。この連載がはじまってすぐ。そして、今回。とにかく、私のなかにあふれてくる思いがあって、それを伝えたいのだけれども、上手く言葉にならないままでいた。もう少し言えば、私はこの詩集の言葉を自分のトラウマと直接つなげてしまって、詩の言葉そのものと向きあえているのかということが不安だった。明らかに、私は、背中を押してもらいたくて、この詩集を読んでいた。それは詩に対して不誠実なのではないか。けれども、今、ただ、その言葉のなかに身を浸していたい。
それでも、特に私が注意を向けるのは、やはり「傷」や「痛み」について書かれた詩だ。

傷

それは　ささいな一瞬に過ぎない。
だから、わたしたちは大抵生き延びる。
傷とともに　生き延びるほかないのだ。
「痛み」という踊り場で　じっと
立ち止まってみる勇気もなく、
階段を駆け上っては　迷い降りてきて
せわしなく人生をやり過ごす。
すれ違う横顔も、見ないふりをして。

よりよく生きようと　願うことは、
ときにわたしを苦しくさせる。
だれの記憶からも消えたい朝も
人知れず変化のときを迎えている、と言い聞かせて。

いっそすべて忘れたような顔をして
物語の傍観者であれたなら。
それでも　わたしの人生から
「わたし」という傷を
消し去ることはできないのだ。

（『パラレルワールドのようなもの』、九八〜九九頁）

本当に一瞬で傷が刻まれることがある。決定的に自分に刻まれ、人生に大きな影響を及ぼす傷であるのに、それが何であるのか、はっきりとわからない。説明することや理解することをも拒む傷。死に直面するほどの危機でありながら、この社会では、そうとは認識されない傷がたくさんある。

生き延びてよかったね、かすり傷でよかったね。

何度、そんな言葉をかけられただろうか。傷は決して回避確率や質量や深さの問題ではない。その瞬間、地球も、街も、人も、自分以外は変わらないように見えても、傷つくことは天地が反転するような経験だ。自分の傷だけが世界に増える。けれど、抱え込んで、沈み込み、座り込んでしまうと、生きられないから、何とか立ち上がって生きてゆく。泣いたり、笑ったり、ごはんを食べたり、テレビを見たり、散歩をしたり、仕事をしたり、買い物をしたり、本を読んだり、眠ったり、木を育てたり、育てられたり、色んなことをしているうちに時間が過ぎている。そうして時が移り変わる。「痛み」を抱きしめ、ゆっくりと共にいたいけれど、歩きはじめなければならない。文月の詩からはそんな「踊り場」にいられない人生が浮かびあがる。でも、文月の詩は決して傷を消し去らない。そのことが私には希望に思えるのだ。傷なんてないという顔をしないといけないことが増えると、じゃあ、私の身に起こったことは何だったんだろうと思ってしまう。

「ずっと痛いわけじゃないんだよ」と、友だちがいってくれたことがある。トラウマについての話をしているときに、「ずっと痛いわけじゃない」。笑う日もある。楽しい日もある。でも、忘れるわけでもない」と、彼女はいった。「痛い、苦しい」とだけ話してくれる「サバイバー像」が求められることがある。それは自分で伝える分には間違っていなくて、本当に、痛いし、苦しい。それを伝えないと忘れられてしまうから、伝えるし、忘れられようとしていたら、怒ってもいい。けれども、そればかり求められると、いつもそうではないんだよなという思いが消えない。

文月の「傷」という詩を読みはじめて、その葛藤を思い出した。

ささいで、決定的で、重たくて、忘れやすくて、立ち去らないのに動いてしまうような何か。それが「傷」で、誰かが声をかけてくれても、それをふり払うこともあるし、誰かに声をかけたいのに余裕がなくなってしまう。自己嫌悪の連続で、ついには誰かと一緒にいることをあきらめてしまう。もっと生きたいと望むことに罪悪感が生じる。それでも、傷の物語は私を離してくれない。「わたし」は、ひとつひとつの傷（生きてきた「履歴」ともなっている傷）と一緒にここにいる。「傷」という詩で、私が好きなのは、

それでも　わたしの人生から
「わたし」という傷を
消し去ることはできないのだ。

という箇所だ。「わたし」という言葉がかぎかっこで括られているところが好きだ。「わたし」という一人称代名詞は開かれているので、自分と重ねながら読むことができる。「読者である私もそうだ」と思いながら、代名詞のなかで、詩の中の「わたし」と自分が共鳴する。しかし、この詩の最後にあらわれた「わたし」はかぎかっこに括られていて、どこか異質だ。それまでとは異なる響きを持っている。「わたし」のなかにありながらも、多重音声のようにして、なかば他者のようにして、でもやはり自分としてそこにいることがあらわされているように私は思った。傷は、「わたし」の歴史の証人である。それを消し去ることはできない。けれども、傷と自分が一体化すると苦しい。傷と「わたし」をぴったりと重ねるのではなく、傷を消し去るのでもない言葉の用いかたがこんなふうにできるのだという発見がこの詩にはあった。傷と「わたし」のイコール性、傷が「わたし」そのものだという神話が軽減され、しかも、傷の存在を尊重している。

「仕方ない」を振り切るために

文月の詩「つまらないこと」を読んだとき、自分が何を選び、何を切り捨ててきたのか、今、何を切り捨てつつあるのかについて、言葉の選びかたの問題だけではなくて、もっと広く、生活全般まで含めて、立ちどまって考える時間が生まれた。「つまらないこと」という詩は、「心臓はなぜ　自分の意志で／止めることができないのだろう。」という印象的なフレーズではじまる。自分の内部にあり、動きつづける心臓。自分の意志ですべてを決められると思い込んでいた私はときどき自分の意志では変えられないものを見つけて、ハッとさせられる。自分で動かしているのではない心臓が自分を生かしていたことに気がついて、意志の力への信奉が少しずつゆるんでくる。この詩は、自分の意志ですべてを決めることが求められてきたこの時代の隠喩のようでもある。しかし、そこには選択と自己責任の地獄しかなかったのかもしれない。

この詩のなかで、「自分の世話を放棄することには／独特の快楽がある。」という表現があって、私はその感覚にうなずいた。「自分の世話」ほど、簡単なようでいて、難しいものはない。自分の世話をもっともていねいにしてあげられるのは自分だが、放っておこうとすればどこまでも放っておけてしまう。寝て、起きて、仕事をして、帰ってきて、お風呂に入って、眠る。

サプリメントと薬で色々なものを補う。それで何とかやり過ごす。気持ちが張りつめて、遊びや休みがなくなってゆく。

目の前のことで頭がいっぱいで
はち切れそうな　綱渡りの毎日。
つまらないことはすべて切り捨てていく。
そんな使い捨ての生活を選んだのはわたしだが、
それを「仕方ない」と思わせる、
世間の圧力も確かに影響している。

（『パラレルワールドのようなもの』、一二五頁）

「目の前のこと」、「頭がいっぱい」、「はち切れそう」、「綱渡り」という言葉がひときわ目を引く。長い展望や余裕などなくなっている。空気を入れすぎた風船みたいに今にも弾け飛びそうだ。それでも、綱渡りをやめたら、生きてゆけない。だから、「つまらないこと」は切り捨てられる。意味のあるものしか認めないようになっていく。意味あるものからこぼれ落ちるものは「つまらないこと」になってしまう。『パラレルワールドのようなもの』のなかで、多くの言葉や時代と対話しながら、文月が紡いでいる詩は、「つまらないこと」を社会が決めてしまい、それを切り捨てることへの抗いのように思う。コロナ禍で芸術や文化が不要不急だとされた。それを担う人への補償が十分になされなかった。その大打撃があって、ますます芸術や文化に携わるクリエーターの生活基盤が削られようとしている。街のつくり、インフラ、言葉の環境、そうしたものの余裕やゆるやかさの部分がごっそりと失われている。こうした時代背景は確実に言葉の遊びの部分を削りとってゆくだろう。無心に言葉で遊ぶことができなくなっただけではなく、言葉の環境もどんどん切りつめられている。

こうしたことはこれまでの歴史のなかでも起きてきた。「つまらないこと」という言葉でどれだけのものが破壊され、抹消され、切り捨てられてきたか。いつも岐路だが、今も岐路に立っているのだと、私は感じる。この世界はどういう世界へ向かおうとしているのか。

自分をいたわる、ということが
長いこと　わからなかった。
過去の傷口を塞ぐのに一生懸命で
立ち上がる気力すらなかったのだ。
まだ足りない、と際限なく削られていく。
求められれば求められるだけ
誰かの声に従わなくてはならない。
そのとき、自分の声は聞かなかった。

（『パラレルワールドのようなもの』、一二五～一二六頁）

自分の声を聞くことは難しい。自分の声だと思っていたものが、誰かの支配の声だったり、自分の求めている声だと思ったら、社会から求められた声だったりもする。

以前、「自己否定の言葉が自分のなかで鳴りつづけているんですよ」と人に話したことを思い出した。自分のなかの自己否定の言葉を何とかして食いとめたいという自分の課題があって、その話をしていた。そのとき、話していた相手から、「それは誰の声なの？　本当に自分の声？」と訊ねられた。その問いは思いがけないものだった。自分が自分を否定しているのだと思っていたのだが、よく検討してみると、他者の声が、大部分、混じっている。よく声を聞きわけてゆくと、「したい」、「したくない」ではなくて、「すべき」、「しなければならない」、「すべきではない」、「してはならない」といった言葉の連続のなかに身を置いていたことがわかった。

「つまらないこと」という詩のなかにあらわれる「声」も、「誰かの声」と「自分の声」を捉えなおすところからはじめていて、私はそのことにとても心を惹かれた。詩のなかの「わたし」は「生活」のためのさまざまなこと、ごはんをつくったり、洗濯したり、湯船に浸かったり、「今までにないやり方でからだを動かしてみよう」とする。「臆せず」、はじめる、というのが、この詩の「わたし」なのだ。それを読んでいるのが心地いい。「「仕方ない」に浸らずに、／のびのびと抗っていきたい。」という言葉と出会って、これだと確信する。詩のなかにあるとおり、こうして「思想」や「信念」は深まる。

この詩での「仕方ない」という言葉は、この三つ前の連に出てきた「そんな使い捨ての生活を選んだのはわたしだが、／それを「仕方ない」と思わせる、／世間の圧力も確かに影響している。」という言葉と呼応して、「仕方ない」と思わされてしまう「圧力」の怖さを感じる。同時に、この詩は、「傷」と「痛み」のなかで、「仕方ない」という鎖をふりはらう人の姿を喚起する。けれども、はたから見ると、その戦いは誰にも見えない。生活のなかでもがく。うまくゆかない。もう投げ出したくなる。あきらめさせようとする圧力はどこにでもある。それでも、傷を抱えた人たちの多くがこうした戦いをしながら、日々を何とか生きている。もがくことに費やした日々は、「つまらないこと」の連続なのかもしれない。けれども、そのなかにしか、自分の苦境、この時代の苦境を脱するための手がかりはない。

「仕方ない」という気持ちになり、何かをあきらめてしまうとき、のびのびとしたからだや言葉の働きが押し殺されているのではないかと思う。まあ、やっても仕方ない。まあ、何も変わらないと思うと、次の言葉を継げない。自由に何か考える力さえなくなってしまう。「仕方ない」という感情は、自由に言葉を紡ぐうちに変化するのびやかさを失い、その自由を奪われたときに生じる。「仕方ない」、「仕方ない」、そういっているうちに本当に世界がどうしようもなくなっているなんていうことが起きてしまうのだ。「仕方ない」というあきらめに抗うには、もう一度、からだや言葉ののびやかさを回復させるところからはじめるよりほかない。仕方なくない。何が起きて、何が苦しみを生んでいて、何を変えたいのか。それを私は話しつづけたいのだ。

自分を笑わない他者と出会う

この詩の最後はこう結ばれている。

あなたの「つまらないこと」を教えて。
当たり前でつまらないことに気づくまでの
懸命な愚かさを
わたしは決して笑わないから。

（『パラレルワールドのようなもの』、一二八頁）

切り捨ててきた「つまらないこと」。それをどれだけ私たちは笑われてきたのだろう。笑ってもきたのだろう。笑われて、手放して、手放しきれなくて、手のひらで守ってきた「愚かさ」が実は賢さであったことにこの詩は気づかせてくれる。自分を笑う者に、自分の一番大事なものを見せてなどやるものか。笑わない他者と出会って、「つまらないこと」といわれてきたものが、かけがえのないものだったと気がつく。「つまらないこと」を笑わないで聞いてくれる人がいてはじめて、その言葉や物語は尊重される。「つまらないこと」として切り捨ててきた言葉と出会いなおす。すると言葉や物語が動きはじめる。

私の荒れ果てた言葉の景色。しかし、ここが私の世界だ。これが私の原点だ。それを恥じる理由などどこにもない。瓦礫のなかに緑が見える。水たまりや太陽もある。そこに住んでいる言葉が見える。荒れ果てているというのは私が身につけてきたさもしい価値判断であった。よく見て、よく聴いて、よく触って、よく嗅いで、よく感じてみると、私の言葉の景色には、風が吹き、歌声も聞こえている。荒野で、廃墟で、それでも言葉は響いていて、やむことがない。そんな言葉の景色を私はようやくたしかめる。

生を養う言葉は、自分をいたわり、生きていてもいいと背中を支えてくれる。すると、変えられないと思っていた社会や時代を変えてゆく力や願いが生まれる。私たちはその力や願いを手放さないでいよう。今日を生きるために大切に自分を養生する。そして、その養生した言葉を梃子にして、誰かが生きられる世界をつくろうとする。言葉がのびのびと動き出したら、その言葉がまた別の言葉を連れてきてくれるだろう。言葉は別の世界を見せてくれる。そして、同じくらい、言葉は、今、生きているこの世界を変えるのびしろや遊びの部分で満ちあふれている。

文月の詩の中で、私は私を笑わない他者と出会う。だから、私は生きられる。

8

養生は
いつも
社会的な
もの

この世界とつながる養生

養生という言葉を私は自分自身の生を養うさまざまな物語とつなげて考えてきた。ちょこんと横に置いて、ヒントとなる物語。自分の感情を教えてくれたり、生きる力を与えてくれるような表現。それらを養生する言葉として捉えてきた。養生する言葉は、生きるための知恵であり、私よりも先に生きてきた人たち、同時代に生きている人たちが重ねてきた、輝くような実践の集積である。

江戸時代に登場して以来の大ベストセラーである貝原益軒の『養生訓』から神田橋條治の『心身養生のコツ』など現在の養生の物語まで、色々な本を読んできた。本の中のさまざまな言葉に出会うと、養生することは、ＤＩＹ、つまり「ないなら自分でつくってしまおう」なのだと感じる。専門家がいう、型どおりの養生ではなくて、自分にあうかあわないか、それを見わけたり、創意工夫することも大事だとわかってきた。養生は、深く、広がりのある言葉だ。もしも、養生という言葉の微細なニュアンスをあらわすとしたら、どのようにいえるだろう。

養生と聞けば、まず、ケア（care）のイメージが思い浮かぶだろう。手当てをすること、世話をすること、注意を傾けることなど、ケアという言葉は、いずれも、養生の重要な側面をあらわしている。キュア（cure）という言葉もやはり近いように思う。病いや傷を治療すること、治すこと。養生には休むことも含まれるだろう。バランスをとること、いたわること、避けること、逃げること、助けを求めることなど、養生という言葉は幾重にも膨らんでゆく。

私は、そのなかに、不当な暴力に抵抗すること、不服従であること、連帯すること、平和を求めることを置いてみたい。養生とは生を養うことである。生が失われないようにすることである。それは自分の生についてだけあてはまるのではない。誰であっても、その生が失われては哀しいということ、その生を尊重するということがいえなければ、養生する言葉は成り立たない。だから、私の養生のイメージは生を破壊するものに抗うこととつながっている。殺戮すること、傷つけること、痛めつけること、不安を与えること、住む場所から追いやることなど、それらすべてにＮｏを告げ、それらを変えようと努力することが養生には含まれると思うのだ。

日の光を浴びる。ごはんを食べる。歯磨きをする。その日の天候にあった服を着る。からだを動かす。誰かと話す。好きなものと接する。お茶を楽しむ。季節の移り変わりを知る。安心してゆっくりと眠る。これら、養生の基礎的な部分は、外に出られる平和があること、食料や物資が不足していないこと、他者と言葉を交わす自由があること、余暇や余裕を持てること、医療や福祉が整っていることなどが前提になる。すると、養生とは、必ず、この世界とつながっていることがわかる。私が養生するにはこの世界を養生していかなければならない。

暴力に抵抗することは養生である

私は、ガザで起こっているイスラエルによるジェノサイドという個別具体的なことを思いながら、今、この文章を書いている。一九四八年のイスラエル建国に伴うナクバ（土地を追われたパレスチナ人が難民化した出来事）から続く植民地支配。なぜ、これほど理不尽なことが起きるのか。人々が生きてゆき、命を支えるためにはどの生もとても大切で、尊重され、その生が続いてゆくという前提が共有されていないといけない。人が生きることはとても時間がかかる。さまざまなケアを受けながら、私は生きてきたし、そのことを私は憶えている。報道されるガザの映像を見ながら、私は、人の生を可能にする前提となる部分が破壊されていると思った。ひとりひとりの人を追いつめるばかりか、その人たちが生きるために必要なもの――食べもの、水、眠る場所、憩う空間、学校、病院――そういったものが壊されてゆくのだ。養生という言葉を無邪気に使ってきた自分が恥ずかしくなった。自分で自分を養生することがどれほど多くの手助けや社会的な支援の中で成り立っているのか。だから、養生はいつも社会的なものであると、このとき私ははっきりと感じたのだった。

フェミニズム、クィア理論が専門のジュディス・バトラーは、『戦争の枠組――生はいつ嘆きうるものであるのか』（清水晶子訳、筑摩書房、二〇一二年）などの著作で、特定の集団に社会的・経済的な支援のネットワークが欠落しているため根本的な不平等が生じており、「生のあやうさ」が不均衡に配分されていることについて批判的に論じてきた。社会的にマイノリティの位置に置かれてきた人々の生は、この社会の中で、たしかに一緒に暮らしているのに、あたかもいないかのように無視されることがある。社会制度においてもいないことにされているから、しっかりとサポートを受けられない。私自身、自分がこの世界にいないかのように扱われることが多かった。だから、この生がこの社会にあるのに誰にも感じとられず、知られず、置いてゆかれていると感じることが多くあった。でも、生きていくためには、さまざまなインフラを使わないといけないし、ケアが必要だ。社会の中に存在しているという前提がちゃんとあれば、マイノリティはもっと生きやすくなるだろう。あの人たちは大多数のマジョリティには関係がないからと切り捨てたり、自分から遠い場所の話だからとなるのではなく、一緒に生きてゆく共通の世界をどう探せるかが大事だ。そのために必要なのは、誰がどう生きてきたか、その歴史を知ることだ。そして、その生を尊重することだ。同時に、知ったこと、学んだことをどうやって、今、苦しんでいる人たちの苦しみを解き放つために用いられるか。つまり、どういう歴史の上で今の暴力や虐殺、社会の中での格差などが起こっているのかについて、私は目を逸らしたくない。センセーショナルに煽り立てるのではなく、歴史を見つめながら、現在をつくってゆく方法を探したい。

ジュディス・バトラーは、二〇二三年一〇月一三日に、「哀悼のコンパス――暴力を批判する」（清水知子訳、『世界』二〇二三年一二月号）という文章をフランスのメディアに発表している。この文章のなかで、バトラーは、大きなメディアは、見せていいもの、見せたいものは見せるが、見せたくないもの、読者や視聴者の関心につながらないものを置き去りにしようとしている様子を浮き彫りにする。これまで多くのメディアではほとんどとりあげられてこなかったパレスチナの人びとの恐怖。それは伝えられず、知られてこなかった。報道において、何を知るべきで、何を知らなくてもよいのかが規定されてきたためだ。二〇二三年一〇月七日以後のハマースによる攻撃にのみ焦点があてられて報道されるとき、そこには、報道の、あるいは、表象の不均衡な枠組みができているということになる。

　ヨルダン川西岸地区とガザ地区で起きてきた占領や殺戮の歴史について知らなくてもよいという「制限」がかけられる場合、何が知るに値し、何が値しないのかという「判断」がメディアのなかで行われているとバトラーは書く。私自身も一九四八年のナクバやパレスチナにおけるイスラエルの占領の歴史を十分には知らなかった。あるいは歴史を知ってなお歴史を深く考えなかった。メディアの報道を受けとっている私自身のなかにこの枠組みが根強くかたちづくられていたのだ。パレスチナ人が被ってきた「暴力」やそれにさいしての「哀悼」、「怒り」の歴史が〝知らせたくないもの〟としてメディアの表象から消去される。バトラーはこのような「表象そのものを通じた消去」の問題を繰り返し論じてきた。こうした消去が必然的に生み出すのは、誰の生命が尊重に値し、誰の生の喪失が嘆くに値しないのかをわけるような認識の枠組みである。こうした報道にもとづく言論、表象、認識、情動などが日常生活の隅々まで行き渡り、行動様式までもが構造化される。バトラーが「植民地主義的なレイシズム」と呼ぶこの

郵　便　は　が　き

1 1 2-8 7 3 1

料金受取人払郵便

小石川局承認

1144

差出有効期間
令和 8 年 3 月
31日まで

〈受取人〉
東京都文京区
音羽二―一二―二一

㈱講談社
文芸第一出版部　行

ご購読ありがとうございます。今後の出版企画の参考にさせていただくため、アンケートにご協力いただければ幸いです。

お名前

ご住所

電話番号

このアンケートのお答えを、小社の広告などに用いさせていただく場合がありますが、よろしいでしょうか？　いずれかに○をおつけください。

【　YES　　NO　　匿名ならYES　】

＊ご記入いただいた個人情報は、上記の目的以外には使用いたしません。

TY 000072-2401

書名

Q1. この本が刊行されたことをなにで知りましたか。できるだけ具体的にお書きください。

Q2. どこで購入されましたか。

1. 書店(具体的に：　　　　　　　　　　　　　　　　　　　)

2. ネット書店(具体的に：　　　　　　　　　　　　　　　　)

Q3. 購入された動機を教えてください。

1. 好きな著者だった　2. 気になるタイトルだった　3. 好きな装丁だった

4. 気になるテーマだった　5. 売れてそうだった・話題になっていた

6. SNSやwebで知って面白そうだった　7. その他(　　　　　　　　　　)

Q4. 好きな作家、好きな作品を教えてください。

Q5. 好きなテレビ、ラジオ番組、サイトを教えてください。

■この本のご感想、著者へのメッセージなどをご自由にお書きください。

ご職業　　　　性別　　年齢

10代・20代・30代・40代・50代・60代・70代・80代〜

「形態」は「不正義の歴史」においてかたちづくられてきたのである。だが、だからこそ、かたちづくってきた「不正義の歴史」をかえりみることはできる。現状を受けとめ、歴史を知り、現状を変えてゆくと決意することなしに私たちは自分たちの生をつないでゆくことはできない。

養生という言葉はその生が将来にわたって続くということを前提としている。生が続くということは、その生を支えるさまざまな社会的な仕組みや制度が機能しているということである。そのような生の前提条件の部分が破壊されようとしているとき、不当な暴力に抵抗すること、不服従であること、連帯すること、平和を求めるといった行動は生を養うことそのものといえるのではないか。

反語に抗う疑問文

毎日、ガザについての報道を読んだり、見たりしながら、私は文学は無力だと打ちひしがれる思いがしていた。今、この瞬間、傷を負ったり、殺されてゆく人がおり、街が壊されている。医者のように治療をすることもできない。言葉を届ける術もない。文学は生き延びるためにあると私は思ってきたが、自分の無力さを痛感する出来事が起こるたびに途方に暮れてしまう。こういうとき、文学にできることはあるのか、私ではない他者の痛みを前にしたとき、文学者はどうふるまい、どう生きればいいのかと、問わずにはいられなくなる。
アラブ文学者の岡真理は、『アラブ、祈りとしての文学　新装版』（みすず書房、二〇一五年）のなかで、二〇〇二年四月にスーザン・ソンタグを囲んで東京で行われたシンポジウムで、司会の浅田彰の二一世紀の転換期についての発言に対し、ソンタグが、「人々は明るい展望が開かれると思っている、と考えた人が本当にいたでしょうか」と答えたというエピソードを紹介している。ソンタグの言葉は反語法である。「人々は明るい展望が開かれると思っている、と考えた人が本当にいたでしょうか（いや、いない）」という用いかただ。「いや、いない」の部分に力点を置いており、それこそが主張になっている。けれども、岡は、この言葉を、字義どおり、疑問文として「敢えて愚直に、真に受けて考えたい」という。なぜ、修辞法に抗って読むのか。それは、まぎれもなく、実際に希望を持ち、明るい未来や展望を信じ、願い、祈り、望んだ人びとがいたからだ。岡は自身が見たひとつの光景を描き出す。

二〇〇〇年六月のエルサレムは、その三ヶ月後に被占領地全土を襲う悲劇をまだ知らなかった。旧市街のキリスト教徒地区を歩いていたときだった。前年のクリスマスに子どもたちが描いたものだろう、家々を囲む壁のそこここに、赤や緑のペンキで描いた季節はずれのクリスマス・ツリーの絵や「メリークリスマス」といったメッセージが、色褪せぬまま残っていた。そのなかでとりわけ私の目を引いたのは、見るからに幼い字で大きく書かれたアラビア語のメッセージだった――「二〇〇〇年おめでとう、アッサラーム・アラー・フィラスティーン（パレスチナが平和になりますように）」。

（『アラブ、祈りとしての文学　新装版』、九頁）

その言葉は、小さな小さな者たちが、生きる場所を壊されることに怯え、生活が崩されそうになる毎日のなかで、「新たな千年紀」のはじまりに、切実に、平和を、未来を望む声なのだ。予測できない「未来への展望」を明るいといってしまうのは怖いことだ。間違えるかもしれない恐れや楽観的すぎるのではないかという気恥ずかしさすら生まれる。言い訳をたくさんつけて、あるいは思慮深さや皮肉を込めて、反語法を用いたくなる。けれども、実際に、希望を打ちくだかれるような現実を生きている人びとは、未来を夢見ないなどといってしまっていいのだろうか。岡は明確に次のように書く。

だから「人々は明るい展望が開かれると思っている、と考えた人が本当にいたでしょうか」というソンタグの問いに対する私の答えは、Ｙｅｓだ。

（『アラブ、祈りとしての文学　新装版』、一〇頁）

そう、ここで反語法に抗うことはＮｏに抗うことでもある。それは、Ｙｅｓの可能性をつなぐことである。その文字列をどう読み、どう解釈し、そこからどのような意味を読みとるのか。岡の応答を読んでいると、ソンタグに抗いながらソンタグを真っ直ぐに読むことは可能なのだと思えてくる。「根拠のある期待」を「あらかじめ否定された人々」が未来を夢見たり、期待しないと思い込んではならない。街頭の絵が、声が、人びとの生活している気配が、すべて文学なのだとしたら、私たちはそれらの表現を補助線にして、ソンタグの問いへの答えを見出せる。反語は問いになり、やがて、現在において、未来において、この問いに私たちは何度でも答えることができるだろう。反語というＮｏに閉ざされた回路ではなく、Ｙｅｓという答えを含む疑問文への転換はこうして行われる。

文学にできることはあるのか。

この問いもやはり反語的なのだ。「いや、ない」という否定の意味がどうしても見え隠れしている。だが、これを、もう一度、疑問文として受けとってみたい。

文学にできることはあるのか。

私の答えも、Ｙｅｓだ。

私にとって文学は生を支える言葉であった。生を壊されそうになったとき、居場所をくれた。人間あつかいされなかったとき、それが不当だと教えてくれた。生を養い、生を奪うものに抵抗する言葉。それもまた養生する言葉なのだ。遠くを探そうとしていたが、文学というのは養生する言葉の集積でもあった。そう気がついたとき、岡の別の著作である『ガザに地下鉄が走る日』（みすず書房、二〇一八年）を読んでいて、私は次の言葉と出会った。

「二度と繰り返さない」というのは、誰の上にも二度と繰り返さないということを意味するのだ！

（『ガザに地下鉄が走る日』、二五三頁）

以前、読んだときとはまったく別の感触がした。
この言葉は、「ナチスのジェノサイドの生還者、および生還者と犠牲者の子孫たち」が、「ガザにおけるパレスチナ人の集団殺戮と、歴史的パレスチナに対する継続する占領および植民地化」を全面的に非難する声明（二〇一四年）の結びの部分にあった言葉だ。
誰の上にも。「そんなことができるの？」と問いたくなる。そんなことは無理だといいそうになる。けれども、この文の最後にある「！」を私は信じてみたい。反語でも、疑問でもなく、はっきりとした意志が感じられるこの明言。この感嘆符に託された意志を手にして、私たちは歩き出す。抵抗と連帯の灯火が小さなこの「！」に宿りはじめる。

あなたの物語と出会う

私はこの原稿を書きながら、ひとつの詩と出会う。リフアト・アルアライール の詩「If I must die（「わたしが死なねばならないとしても」）」だ。アルアライールはガザ・イスラーム大学で文学と創作を教えた。We are not numbers（わたしたちは数ではない）の共同設立者であり、多くの教え子がいた。抵抗運動に参加し続けてきた人でもあった。二〇二三年一二月六日、イスラエル軍の空爆によって殺害された。アルアライールの詩は次のようなものだ。

わたしが死なねばならないとしても、
きみは生きねばならない
わたしの物語を語って
わたしの物を売って
ひときれの布と
いくつかの糸を買えば、
(白い布に長い尾《テイル》をつけるといいよ)
ガザのどこかにいる子どもが――
目に天国を映して
炎のなか去った父親を待っている
誰にも別れを告げず
自分の体にさえも
自分自身にさえも別れを告げずに去った父親を待つ子どもが――
凧を見て、きみが作ったわたしの凧が空高く舞うのを見て
ほんの一瞬、それは天使で、愛を伝えに戻ってきたのだと思ってくれるから
わたしが死なねばならないとしても

それが希望を伝えるものとなり
ひとつの物語《テイル》となるように

（リファアト・アルアライール「わたしが死なねばならないとしても」
リファアト・アルアライール編『物語ることの反撃　パレスチナ・ガザ作品集』
藤井光訳、岡真理監修・解説、河出書房新社、二〇二四年、一〜二頁。
また、リファアト・アルアライール「わたしが死なければならないのなら」
松下新土・増渕愛子訳、『現代詩手帖』二〇二四年五月号、二四〜二五頁もある）

私はこの詩を読みながら、あなたの物語を紡ぎたくなる。けれども、私が見たいように、読みたいように物語を紡いではいけないのだと言い聞かせる。私が受けとった言葉をそのまま受けとらなければならない。

養生は、社会の支援、ネットワークのなかにあって、いつも社会的なものである。けれども、その生を奪う爆撃が行われている。生をつなぐあらゆるものが爆撃されたガザの景色が映し出される。私は自分が今いる場所で「特権」を持っていることに気がつく。

スーザン・ソンタグは、『他者の苦痛へのまなざし』（北條文緒訳、みすず書房、二〇〇三年）で、他者が被った苦難の出来事を映像によって見ている視聴者が抱く「同情」について批判的に論じている。映像は、生々しく「苦しみ」を伝え、視聴者は、想像（力）によって、「遠隔の地で苦しむ者」とつながっている感覚を抱く。けれども、ソンタグは、それは、「本物ではない」し、むしろ、「同情」を抱くことで、「苦しみを引き起こしたもの」と自分は「共犯者」ではなく、自分は「無罪」だと主張するような効果をあげてしまうという。他者への「同情」が自己の「責任」と切り離されたとき、他者の苦しみに自分はどうかかわっているのかという問いは消えてしまう。ソンタグは自分と他者を切りわけるのではなく、その「連関」を「洞察」することこそが必要であると述べ、次のように書いている。

戦争や殺人の政治学にとりまかれている人々に同情するかわりに、彼らの苦しみが存在するその同じ地図の上にわれわれの特権が存在し、或る人々の富が他の人々の貧困を意味しているように、われわれの特権が彼らの苦しみに連関しているのかもしれない――われわれが想像したくないような仕方で――という洞察こそが課題であり、心をかき乱す苦痛の映像はそのための導火線にすぎない。

（『他者の苦痛へのまなざし』、一〇二頁）

私たちが映像を見て「同情」するとき、あるいは心が動かされるとき、その出来事を別の世界の話として捉えることがある。だが、それは「同じ地図の上」にある出来事、さらにいえば、私と「連関」がある出来事なのだ。その「連関」を明らかにする「洞察」をどのようにつくってゆけるかがソンタグの議論の中心となっている。「われわれが想像したくないような仕方で」という言葉が重たく響く。私は自分の想像をすら打ち砕くような「苦痛」の気配を感じるが、自分のなかの「洞察」はまだ十分には身についていないし、十分にはその働きを行いえていない。

ソンタグのいう「特権」を持っている人とは、すぐに映像装置のチャンネルを変えたり、スイッチを切ることができる私のことだ。だが、一方で、「特権」という言葉を固定化してしまうと、動的な在り方を捉えられない。ある事柄にかんしては「特権」を持っていても、別の事柄においてはそうでない場合もある。自分が認め放棄したと思っている「特権」を実はその後も保持している場合もありうるだろう。「特権」とは何か、それは自分とどうかかわっているのかについての検討は終わることがない。いずれにしても、「特権」とは固定されたものではない。ある状況における「特権」はもともとこの社会にある不均衡ゆえに生じる。その不均衡について意識し続け、変えてゆく実践に加わることこそ「特権」と戦うことなのである。

私は、「尾の長い　物語」（松下新土・増渕愛子訳）をどうやって受けとればいいのだろう。

あなたの物語に応えればいいのだろう。

私は、引用することを抵抗点にしたいと、あなたに応える。

この物語を、言葉を、私は伝えつづける。

失ってしまったという事実は何ひとつ消えないことを知っていながら、ほかのすべがない。それが今起きている虐殺なのだ。私は転倒した時間のことを思う。もっとあなたから物語を聴きたかった。もっともっと。なのにもういない。いないあなたが言葉を残す。いなくなったあとにあなたの物語と出会う者のことを思って。虐殺とはこの転倒が容易に起きてしまう出来事なのだ。この世界のなかで、私はあなたの言葉に、物語に、はっきりと「希望」を見る。そして、「凧」を上げるみたいに、あなたの言葉を引用する。世界中で、そんな声をあげ、生を破壊するすべてに抗う。これこそが養生する言葉にほかならないのだから。

9

災害と養生について

養生可能な社会へ

二〇二四年一月一日、石川県能登半島を中心にして大きな地震が起きた。その後、同年八月八日には宮崎県日向灘を震源とする地震があり、気象庁は南海トラフ地震臨時情報「巨大地震注意」を発表した。九月には能登半島での豪雨被害。二〇二四年は、災害について考え続けた一年でもあった。災害のとき、どのように生きていけばいいか、考えざるをえない人たちが多い。だから、これまでにも繰り返し、災害と養生について考えてきた。

たくさんの人と知りあって話をする中で、誰にとっても生きやすい社会になっていれば、災害のときにも人々は困りごとに対処できるし、生きられるということに改めて気がついた。マイノリティの視点から災害を捉えなおすことはすべての人に必要なものを教えてくれる。災害時に多様な人々の生や生活が守られる社会は誰にとっても生きやすい。

私が災害というときにまず思い浮かべるのは、一九九五年一月一七日の阪神・淡路大震災である。私は、前年に引っ越しをしたのだが、かつて被災地に近い場所に住んでいた。一月一七日の朝は私も知っている街が崩壊するのをテレビで見ていたのでよく憶えている。思い入れのある場所で多くの人が亡くなった。そして、二〇一一年三月一一日の東日本大震災が起きたときは関東に住んでいて、それまでには感じたことのない揺れを経験した。被害をテレビで見ながら、衝撃を受けた。

こうした大きな災害はたびたび起きてきたが、今、思うのは、経済効率を重視したインフラや社会設計のまま、一九九五年から二〇二四年までを私たちは生きてきてしまったのではないかということだ。背筋が寒くなる。阪神・淡路大震災と東日本大震災以外にも、新潟県中越地震、熊本地震、北海道胆振東部地震といった大きな震災があったが、私たちは生を養うという視点から社会を設計しなおしてきただろうか。生きるということに焦点をあてた災害対策をどれだけできただろうか。

小田実は、『被災の思想　難死の思想』（【小田実全集】電子書籍版、講談社、二〇一四年）の中で、阪神・淡路大震災での自らの経験について克明な記録を残している。「避難所」の「食事」、「被災者」の「食事」について書かれた箇所では、神戸市、芦屋市、西宮市、尼崎市、宝塚市の「献立」が書かれている。パン、牛乳、おにぎり、弁当といった記述が並ぶが、昼食は「なし」というところもある。都市の交通網や流通に混乱が生じているときではあるが、何よりも小田の怒りの矛先が向くのは、政府、自治体のそれまでの都市計画や災害時の対応である。

当時の「災害対策法」によると、「一日三食」の食費の「国庫補助」の設定は「八五〇円」であり、そしてそれは一週間程度の「「避難所」生活」を想定しているものだと小田は指摘する。「お役人たち」は、「人間がふつう一日三食を食べる存在であることを忘れているらしし」いという小田の言葉が、二〇二四年の現在になってもこだまする。小田は次のように書く。

私は「避難所」の食事のことだけに文句をつけているのではない。一事が万事、そこにはっきり読みとれる「棄民」政治を問題にし、怒っているのだ。人びと、市民の存在、生存、生活を無視し、いや、踏みにじってまでも自分の都合、利益に基づいて進行する政治、経済――この基本は、大災害のそもそもの始まりから大災害後の現在に至るまですべてに共通している。これまで基本のこれまた基本にあったのは、開発――乱開発に基づいての経済の発展、それにからみついた政治。そして、この基本の基本は、大地震後の今、「復興」のかたちをとる。そこでまたしても無視、踏みにじられるのは、市民の存在、生存、安全、生活だ。

（『被災の思想　難死の思想』）

災害時には、現場で緊急対応にあたっている専門職の人々は忙しく、政府や自治体もぎりぎりの状況であろう。しかし、小田の言葉を読みながら、これは果たして災害時の話だけだろうかと、私はふと普段の生活もまた、生が軽視されているのではないかと感じたのだ。

現在の都市を見てみると、人がのびのびと生きるための設計はなされていないように思う。歩き疲れても、座るベンチがない。都市部ではどんどん木を伐採しているので、日陰がない。いたるところで憩う場所が奪われている。

都市設計をどうするのか、生活をどうつくるのか。生を養うことの基礎についてもっと考えたい。

食べるものがない。生活が苦しい。なのに、「公助」、つまり、国家、行政、自治体が果たす役割や提供するサービス、支援、社会福祉が削られ、「自助」でしのがなければならないということが喧伝される。そうした日常生活の困窮があり、そこに災害が起こる。日常生活でも対応しきれていないのに危機的な状況に突然対応できるようにはならない。私は災害時に自分がどうなるのか、居場所はあるのか、アクセスできる避難所があるのかといったことをずっと考えていた。トランスジェンダーの人々はいつも自分の居場所がないという感じを抱えて生きている。災害において、それは露骨に居場所の喪失としてあらわれ、周囲との関係から切断される。トランスジェンダーの困りごとが解消された社会なら、こんなに悩まなくてもいいといつも思う。

私は、前の章で、養生はいつも社会的なものだと書いた。『養生訓』といった本の題名が示すように、養生という言葉には自分の体や心を養うといった、個人的な領域のイメージが強い。しかし、ある生が続いてゆくためには、その生を支えるさまざまな社会的な制度やインフラが不可欠だ。社会の支援のネットワークがあることではじめて、人の生は養いうるものになる。だからこそ、誰にとっても養生が可能になる社会、政治、経済を、もう一度、設計しなおしたい。二〇二四年に私が感じたのは切実な変化への希求であった。

トランスジェンダーと震災

私は二〇一一年三月一一日の東日本大震災のことを思い出す。本当にトランスジェンダーの人々についての情報が少なかった。そのとき、私自身が感じ、多くの当事者の人と話したのは、トランスジェンダーの人の医療や支援はあとまわしになりがちで、支援の輪をつくろうにも、自分について周りに話していない人もたくさんいるということだった。この状況で何ができるのか。普段の生活の中でも、インフラや情報へのアクセスができるようになっていたら、災害時においてもトランスジェンダーの人の困りごとは大きく減るのではないか。私は未曽有の大災害を前にしながら、普段の生活の中にあるバリアをどこまでなくしていけるのかということについて考えた。その後、たびたび災害は起こっているものの、新聞、テレビ、SNSでトランスジェンダー向けの正確な情報はなかなか報じられないでいる。

一方、現在、SNSは、トランスする経験を持つ人たちへの攻撃や差別、偏見の流布であふれている。災害時に生きるために必要な情報にどうにかアクセスするため、検索をしても、投げかけられるのは自分を傷つけ、否定する言葉ばかりという状態が続いている。私は、東日本大震災のとき、ツイッターの情報に助けてもらったし、励まされたりもした。被災地において、マイノリティがいるということを前提としながら、当事者の人が共に社会で生きられるようになれば、災害時の状況は大きく変わるだろう。

近年、ショーン・フェイ『トランスジェンダー問題――議論は正義のために』（高井ゆと里訳、明石書店、二〇二二年）などでも言及されてきたように、トランスジェンダーの人々は「議論」の一方的な「対象」や「材料」ではない。この社会が、シスジェンダー中心のため、トランスジェンダーの人々は、いないことにされたり、不利益を受けてきたり、自分の人生を生きることを困難にされてきた。その社会的な不均衡をどう解消できるか、社会福祉、医療、学校、インフラなどの変化をどのように目指すことができるかについて、トランスジェンダーの人々に肯定的な言葉で話すことは十分にできる。そして、私たちが生を養い、生き延びるためには自分が生きうる物語や言葉が必要である。私はトランスジェンダーの人たちが生きられる物語や言葉を見出したい。

しかし、物語は肯定的な側面だけを持っているのではない。いくつかの出来事を切り抜いて、それをつなげることで、恐怖を煽ることもできてしまう。だからこそ、物語について考えるとき、誰が語り手や聴き手であるのか、どのような枠組みからその物語を語り、聴いているのかに注意深くなることが大事になってくる。トランスジェンダーの人々はこの社会を一緒につくっているひとりひとりの「人間」であり、物語の重要な語り手であり、聴き手なのだ。トランスジェンダーを「恐怖」や「悲劇」と結びつける物語ばかりがあふれていると、定型化したイメージでしか語られなくなる。

ジャーナリストで作家のカロリン・エムケは、『憎しみに抗って――不純なものへの賛歌』

（浅井晶子訳、みすず書房、二〇一八年）の中で、人々を「個」として見ず、「人間を繰り返し特定の役割、特定の位置、特定の特徴でばかり判断」することの危険性について論じている。多様な生を生きるひとりひとりの話ではなく、トランスジェンダーという「属性」だけがとりあげられてしまう。様々な経験をして、人生の歴史を積み重ねてきた個人として捉えられなくなると、エムケの言葉でいう「現実の矮小化」が起こり、社会の中で「想像力の枯渇」が生じる。その人は、ともに生きてきて、今も生きていて、これからも生きてゆく個別性のある人だという前提を、もう一度、思い出したい。私の主張はとてもシンプルで、トランスジェンダーの人々について恐怖を植えつけるのはやめよう、誰かの生を笑い話にしたり、偏見を流布するのをやめようと言っているだけだ。そうすれば、トランスジェンダーの人々とともに生きる物語をつくりだすことができるだろう。

この認識に立つならば、トランスジェンダーの人々の被災について、私たちは別の視点を持つことができるだろう。被災したトランスジェンダーの人々を、「配慮すべき対象」として一方的に規定してしまうのではなく、人生を積み重ねてきたひとりひとりの人として尊重するところからはじめたい。災害時にそんな「配慮」をしている余裕はないという言葉もＳＮＳでは聞かれることがある。しかし、違うのだ。災害が起きてから、突然、トランスジェンダーの人の声を聴きましょうと言っているのではない。もし日常生活の中でトランスジェンダーの人々の困りごとが行政やその担当者の間でしっかりと共有されていたら、多くの説明を必要とせず、避難できるはずだ。また、トランスジェンダーの人たちが話しあいのテーブルにしっかりとつけるようになっていたなら、災害のとき、何が必要か共有できるだろう。トランスジェンダーの人たちの物語が少なく、トランスする経験について話すことが困難なため、トランスジェンダーの人たちのニーズは十分に知られていない。いまだに偏見が残っている社会の中で、トランスジェンダーの人々は不可視化されたり、周縁化されてきた。そのために語られず、聴かれなかったニーズがあって、それを聴く枠組みをどうつくれるかを話しあうことが同じテーブルにつくということなのだ。

いまだに話されていないさまざまなトピックがあるだろう。

その中には生老病死についての切実な話題も含まれる。当然のことながら、トランスした経験について話さないことは何かを隠しているのではない。どうしてトランスジェンダーの人たちだけ、自分の人生の重要な情報について開示したり、身体のある部分の有無を申告したりすることが求められるのだろう？　ましてや戸籍上の性について明らかにせよと求めるのは差別にほかならない。その人の「ルーツ」は尊重されなければならないが、その人の「ルーツ」を暴き立てることがどれだけ人権を侵害するのかはすでに歴史的に証明されてきたはずだ。相手の経験を尊重して、その生についての話を丁寧に扱う。この基本に立ち返れば、今は聴かれないでいる言葉もまた、養生する言葉としてあらわれる。

ルーツとルート

プライドを持って自分の経験について話したい。けれども、トランスする経験について話すと、「生得的な性別は変えられない」などとSNSで一〇〇件を超えるようなリプライがつく。それは著しく、自分を傷つける言葉だ。しかし、社会の中で生きている以上、トランスジェンダーの人々は他者とともに生き、他者との関係の中で人生を旅してきた。生まれたときにわりふられた性別を「起源」のように捉え、たったひとつの「ルーツ(roots)」だけを重視する物語がトランスジェンダーの人々に投げかけられることがある。だが、「ルーツ」がすべてではなく、私たちトランスジェンダーの人々には通ってきた「ルート(routes)」がある。私たちはその道のりをもまた尊重されなければならない。

カルチュラル・スタディーズが専門のスチュアート・ホールは、「誰がアイデンティティを必要とするのか?」(宇波彰訳、スチュアート・ホール、ポール・ドゥ・ゲイ編『カルチュラル・アイデンティティの諸問題——誰がアイデンティティを必要とするのか?』宇波彰監訳、大村書店、二〇〇一年所収)という論文の中で、すべてを「ルーツ」に還元するのではなく、「道程」(ルート)を重視し、自分の物語を形づくることの重要性について述べている。

さまざまなルートを通ってきた人たちがおり、アイデンティティを形づくっている。そして、トランスする経験を持つ人たちがたくさんの物語をつくろうとしている。ルートとルーツの話をトランスジェンダーの人々すべてに敷衍することはできないかもしれない。それでも、「トランスジェンダーの人々は」という大きな主語であえて書くのは、あるトランスジェンダーのあり方は許すが、このトランスの仕方は許さないといった裁定《ジャッジメント》が、日々、この社会で行われているからだ。もう一度書くが、トランスジェンダーの人々は様々なルートを通って生きてきたし、生きている。多様なトランスジェンダーの人々がそれぞれの場所で、他者とともにこの社会に一緒に生きている。

トランスする経験を持った人たちは、他者からのまなざしや社会の規範に沿う自己との関係に葛藤してきた。その葛藤も含めて長い道のりを通って生きてきたのだ。だから、トランスする経験を持った人たちを、生まれたときにわりふられたジェンダーで規定して、それが唯一の「ルーツ」であり、宿命であり、決定されたものであるという観点からはじめる「議論」は、自らのアイデンティティを毀損される、一方的な暴力の場にしかならない。だから、トランスジェンダーの人々が歩いてきた道のりのこと、その物語が尊重されない限り、「議論」はできない。この場合、私は、話をしたくないとか、対話を拒否しているのではなく、憎悪、偏見の流布をするのが目的の「議論」には参加しないといっているのだ。これは憎悪にさらされ、嘲笑が沸き起こるような「議論」への抵抗であるが、それが「ノー・ディベート」という言葉で、対話をしないことと混同され、非難されることがある。

私がいいたいのは、「ノー・ディベート」ではなく、「ノー・ヘイト」だということ。たとえば、私が、「女性とは認めませんが、議論をしましょう」と持ちかけられたとしよう。しかし、すでにその設定自体によって、女性として生きている私は貶められ、誤った認識で見られているのだから、そのような「議論」の場に参加することはできない。「議論」の場の設定を公平なものにしてから、もう一度はじめればよいのだが、いまだにトランスジェンダーの人たちを恐怖のイメージと結びつけたり、排除するといった前提で話がはじまってしまう。それをやめようと私は繰り返しいってきた。

アイデンティティは、「ルーツ」と「ルート」を含む複雑な概念だ。

二〇二三年六月一六日、「性的指向及びジェンダーアイデンティティの多様性に関する国民の理解の増進に関する法律」（理解増進法）が国会で成立し、六月二三日に施行された。その中でジェンダーアイデンティティという言葉が用いられた。この言葉を「性自認」という訳語とのみ強く繋げて、「自称ですべてを決める人たち」としてトランスジェンダーを捉える人々がいたことはトランスバッシングを過熱させた原因のひとつになっていると私は考えている（「性自認」を「自称」と同一視して語ることの危険性については、三木那由他「言葉が奪われる」『言葉の道具箱』講談社、二〇二四年に詳しい）。アイデンティティという概念は、自己のよりどころや自分が自分であること、自己の同一性をあらわしている重要な言葉である。マイノリティのアイデンティティが形づくられ、権利や尊厳を獲得するまでには長い歴史の蓄積が必要であることは広く知られていることだ。差別禁止、あるいは差別解消を求めるのは、その権利や尊厳を回復したり、失わないでいるための切実な訴えであると同時に、すべての人権が守られる社会のために必要なのだ。
「性自認」という言葉を「自称」という意味で用いることで、他者との相互関係と関連しているアイデンティティという概念の前提部分が消し去られてしまった。ジェンダーアイデンティティという言葉には、自己についての認識や感じ方を尊重することと、アイデンティティがこの社会や他者との関係で成り立ってゆくダイナミックな概念であることの両方が含まれていたはずだ。

ある人が社会の中で、自分の生きたい性で生きることが尊重され、かつ周囲の人々との関係を築くことはこれまでにもなされてきた。けれども、社会の側の差別や偏見もずっとあった。だから、それら社会のバリアをなくすことが、差別を禁止し、差別を解消するということなのだ。理解増進法に書かれた「理解」という言葉では足りない。改めて、この法律の趣旨を練りなおして、差別禁止、差別解消、権利回復を明記した包括的差別禁止法にまでたどり着く必要性を感じる。理解を増進するだけでは、マイノリティはここにいてよいかすら、マジョリティの「理解」にゆだねてしまう。それは怖いことだ。

トランスジェンダーの人々の公衆トイレの利用、公衆浴場の利用について、「侵入者」といったレトリックで語られることがある。さらには、生まれたときの性は変えられないという主張のもと、トランスジェンダーの人たちへの偏見が語られることがある。けれども、恐怖や偏見で語るのではなく、社会的なインフラを整備し、どうしていけばよいかを同じテーブルについて、話せるようにすることが大事なのだ。これまで、マイノリティが社会設計を語るためのテーブルにつくことは多くの場合できなかった。思いつきや思い込みでトランスジェンダーの物語が語られる。もう、そうした安易な物語ではなくて、もっと実質的な生の話をしてもよいのだ。

誰もがより生きやすい社会に変えてゆくには、他者との関係性および社会の中で生きているトランスジェンダーの人々の個別の生に寄り添う語りに変えてゆくことが大事だということがわかる。今一度、ジェンダーアイデンティティという言葉を、個人の尊厳にかかわり、かつ、他者との関係性とかかわる概念である点を切り離さない用い方をしなければならない。

トランスジェンダーの人々は社会の中で単独で生きているのではない。自らの性についての自己意識や自己認識を持ちながら、他者とともにこの社会で生きているのである。そして、それはすべての人がそうなのだ。だが、そうしてこの社会で生きてゆくときにトランスジェンダーの人々にはより大きなバリアがある。他者との関係性を築くさい、伝えづらさや恥の感覚を生じさせるような社会の側にあるバリア、社会参加するときに自分たちについて説明することの困難さ、これらをどうやって解消してゆけるのか？　どうすれば、経験やニーズを語ることができ、それが聴かれるようになるのか？　私はそうしたトピックについて話せる場をつくってゆきたい。生きるために。

日常生活で社会のバリアを解消してゆくことは、災害が起こったときにおいても命を繋ぐ。当然のようにユニジェンダートイレがあること。すべての人の更衣にプライバシーが保障されること。お風呂には個別に入りたいという人のための時間を設けること。一方で、そのプライバシーが守られること。トランスジェンダーの人が申し出なくても、当然のこととして、支援が受けられること。職員やコミュニティの人々が普段の生活からトランスジェンダーの人がこの社会で暮らしているという意識を共有していること。そして、ともに生きている社会の一員としてトランスジェンダーの人々を捉えていることetc...

こういったことについて、緊急時に「贅沢な望みだ」と言う人がいたこともSNSなどで見聞きした。だが、今、述べたことは人の生き死ににかかわることなのだ。まさにこうした当然のことがなされていない社会がトランスジェンダーを排除した現在の社会なのだ。地方自治体、学校、職場、地域社会、家族などの中で、トランスジェンダーの生が軽視されず、不可視化されず、権利がもともと守られているなら、災害時もトランスジェンダーの人々は生きられるだろう。これはほかのマイノリティにとっても同じであるし、マイノリティの視点から災害を捉えなおすことはすべての人に必要なものを教えてくれる。

知恵をつなげてゆく

私は能登半島地震が起きたとき、トランスジェンダーの人向けの情報をまとめなければならないと焦った。情報が埋もれてしまう前に、必要な人に伝えないと、と。しかし、性暴力被害、特にＬＧＢＴＩＱＡ＋の性暴力被害に関しての支援体制構築、啓発資材作成、政策提言などを行なっている団体Broken Rainbow-japanが、岩手レインボー・ネットワークによって二〇一六年に作成された「にじいろ防災ガイド」（高知ヘルプデスクが協力）を紹介しながら、次のポストをしていたのを見て、私は自分の認識を恥じた。

再投稿します。
はじめから考えるのではなく、沢山の経験や学びがしっかりと踏襲され、災害の被害にあわれた方の暮らしが守られることを願っています。
守られなくていい権利などありません。どうかご自分を大切に過ごしてください。

（Broken Rainbow-Japan　二〇二四年一月二日、https://x.com/BrokenRainbowJp/status/1741877709356314896）

そうだった。大災害が起こるたびに、セクシュアル・マイノリティ、ジェンダー・マイノリティの人たちは、災害時の困りごとや、必要な災害時の支援や対応策、支援体制づくりについてまとめ、発信してきたのだった。この蓄積をしっかりとつなげてゆく必要があり、さらに、普段から話しあい、より充実した指針やガイドブックをつくっておくことこそ、生き延びること、また、養生することにつながるのだ。

私たちがしたい話は、こうして生き延びるための知恵をまとめたり、インフラや行政、法律のあり方を変えるために提言することについてだ。さまざまなトランスジェンダーの人々が、政策決定、法制定の場にいられるようにすることで、大きく現状は変わるだろう。そして、災害時に多様な人々の生や生活が守られる社会は誰にとっても生きやすい。大災害によって、多くの人々が被災したり、亡くなってきた。自然災害の前で私たちは無力さと悔しさに呆然となる。生を養うことの困難さを痛感する。私たちに必要なのはこの痛みを記憶してゆくことだ。

生きうる社会へ。そう願う。

10

あなたの話が聴けたらうれしいです

子どもの頃に読んだ本

話したいことがいっぱいあって、あふれています。いろんな人に会って、いろんなことを話したいなと思っています。話題は、本、映画、アニメ、ゲーム、音楽、政治など。とにかくいろんなことを話したくて仕方がないんです。

私は、去年、自分が好きなものを好きでいることができなくなっていました。自分の中で、こうあらねばならないという理想をつくってしまって、自分に課すプレッシャーが強くなりすぎていました。いったん、好きなものを全部封印して、こうあるべき自分、こう見て欲しい自分を生きようとしたんですね。すると、自分に自信がなくなって、好きなものについて話すときにも、いつも、「私の話なんてして、すみません」と謝っている状態になってしまいました。自分が好きなものは、本当に、自分の魂の部分で大事なものなので、それを押さえつけている状態に自分を置いてしまって、どんどん辛くなっていきました。

それが、去年の夏の終わり頃まで。その後、去年の後半になって、私がずっと好きだったものを同じく好きだという人や、自分が知らないことをたくさん知っている人と出会って、好きなものを好きでいたり楽しいことを増やしたりしてもいいのだと知って、元気が回復してきました。薦めてもらった本（だけではなくて、ほかにもアニメや映画やいろんなものを教えてもらいました）を読むなどしているうちに、「ああ、読むことは本当に楽しい」というところに戻ってきた気がします。私は、子どもの頃から、本が好きで、文字を覚えるまでは母に読んでもらい、文字を覚えてからは自分でも毎日のように読むようになりました。ただただ好きだから読む子どもでした。去年の後半から今年はその原点に帰った時期のような気がします。

読んだ経験、読んだ世界での出会いは人生のうちの大事な出来事なのだと思うんです。そして、それを全然違う場所で生まれたあなたも経験していたと知ったときの喜び！　あなたが同じものを好きでいてくれたことがうれしいし、違うものを好きでいたことを知るのもうれしい。読むことと話すことがつながって、今と過去がつながって、私とあなたの人生がつながる。それが好きなものについて話すということなのだと思います。だから、まず、私の話をしてみようと思います。自分の子どもの頃に読んでいた本の話をさせてください。

小学校一、二年生のとき、私は、来栖良夫作、斎藤博之絵『村いちばんのさくらの木』（岩崎書店、一九七一年）という絵本をずっと読んでいました。この本は通っていた小学校の図書室にありました。小学校に入学してからの二年間、本当にこの本しか読んでいなかったのではないかというくらいずっと読んでいました。

『村いちばんのさくらの木』は次のような物語です。

ある村のはずれの川に三ぞうさんという渡し守りがいました。三ぞうさんは行き交う人たちを渡し舟に乗せて岸から岸へ運びます。ランプや石油を売る人がやってきた日、村の人たちは明るく過ごせます。三ぞうさんは村の生活を支えているひとりなんです。しかし、戦争が起こります。「ろしゃ」という言葉が出てきますから、日露戦争なのかと思います。

三ぞうさんも戦争で村に帰りませんでした。三ぞうさんの「およめさん」は泣きながら川のほとりに「さくらの木」を植えます。時が流れ、川には橋が架けられます。橋を渡ってゆく人たちの目に「さくらの木」が見えてきて、みんな、見事なさくらだと言います。さくらの木に登って、子どもたちはたくさん遊びます。やがて、コンクリートの橋になり、電柱も建ちます。電線が張りめぐらされ、電線にはつばめがとまっていたりもします。子どもたちは、木の上から、トラックやバスが走る様子を見るようにもなります。

何気ない描写ですが、そのひとつひとつの言葉や絵から、人の声や自然の息吹が感じられます。四季や時代が移り変わってゆく様子が伝わってきます。しかし、再び、「ながい　せんそう」がはじまり、村の男性たちは戦争に動員されます。「さくらの木」を戦争に役立てるために切ってしまおうと役人や村長たちは命じます。そのとき、「さくらの木」を植えたおばあさんがさくらの木の下に出てきて、「わたしの　うえた　木を　どうして　きりなさるかの。／やめにして　おくんなさい」と嘆願します。「けんちょうの　人たち」は、あらゆるものを戦争の論理で語ります。それを聞いて、おばあさんは次のように話します。

「わたしの　つれあいは、わかいとき
せんそうに　もっていかれて　しにました。

わたしは、しんだ　三ぞうの　みがわりの　つもりで
この木を　うえて、子ども　ふたりを
そだててきました。いまは　まごたちまで
せんそうに　つれていかれ、いきて　もどるやら
しんで　もどるやら　わからん。
それなのに　おまえさんらは　しんだ　人の
みがわりまで　せんそうに　もっていく　つもりかね」

（『村いちばんのさくらの木』、二八頁）

戦争は生きとし生けるものの命を奪います。蔑ろにします。そんな戦争を決してしてはいけない。それが私がこの本から受けとったメッセージです。そして、人が戦争に抗うことには大きな意味があると感じました。おばあさんは、力によって奪われそうなもの、失われそうなもの、破壊されたら、もう戻らないものについて、決してそれをしてはならないと訴えています。戦時下において、おばあさんがひとりで抵抗したこと。それは死の恐怖をも含むような行動です。それでも、おばあさんは生の尊厳を守ろうとしたのでしょう。最後の場面で、戦争が終わり、また、さくらは花ざかりを迎えます。

「ばかな　せんそうの　おかげで、村いちばんの　さくらの木まで
きられてしまう　ところだった」

「まったくだ。きらずにおいて　ほんとうに　よかった」

（『村いちばんのさくらの木』、三〇頁）

人々はそう言葉を交わすのです。

風が吹くたびに花びらは飛ばされ、川の水面や橋にあふれます。春がくるたびに人々はこのさくらを見ることができるのです。ある風景、ある建物、ある人々の暮らし、ある人の命が大事なのはこのかけがえのなさを持っているからです。すべての人や場所が、「ばかな　せんそう」で奪われてはいけない。おばあさんのたったひとりの小さな抵抗が私の胸の中にずっと残っています。私は、日々の生活を営み、そこにいる人たちの生が蔑ろにされたり、奪われたりすることが許せない子どもでした。子どもの頃から今になっても、奪ってはいけない生の尊厳を大切にするというのが私の人生の中心にあったのだなと思うことがあります。『村いちばんのさくらの木』という本に惹かれたのも、今に続くそんな思いと重なっています。

この原稿を書いている今、ロシアによるウクライナへの侵攻、イスラエルによるガザでのパレスチナの人々への虐殺が続いています。二〇二四年一月、群馬県高崎市では、県立公園「群馬の森」にあった朝鮮人追悼碑が行政代執行で撤去されました。二〇二四年二月、沖縄県宜野湾市のアメリカ軍普天間飛行場の名護市辺野古への移設工事で、沖縄戦の戦没者の遺骨が埋め立ての土砂にまざる可能性があり、市民団体等が抗議しているというニュースが流れてきました。沖縄での抗議は長きにわたって行われてきました。しかし、現在進行形で侵攻や虐殺が行われ、二度とそれを起こさないために伝えてゆくべき記憶が根こそぎ抹殺され、死者を悼むことさえもしない社会になりつつあります。この状況を前にして、私は『村いちばんのさくらの木』のことを思い出しました。

何故、こんなに理不尽なことが起こるのか。

そういう出来事が起きるたびに、小学校に入ってすぐに出会った絵本を私は思い出し、そして、「屈するものか、屈するものか」と決意するのです。私は、日常を生きている人が踏みにじられたとき、それに抵抗する物語を読んできた気がします。そんな暴力や理不尽が二度と起こらないようにしたいと、物語を読みながら、毎回、誓いなおしてきました。もちろん、物語はとても恐ろしいとも感じます。「戦争賛美」や「愛国」の物語、差別を是とする物語しかなかったら、私たちはその物語に飲み込まれてしまうでしょう。しかし、自分たちが持っている無知や誰かを踏みつけにしそうな危うさと向きあわせてくれるのも物語かもしれません。

小学校三年生のとき、司書の先生が、マーク・トウェインの『トム・ソーヤーの冒険』（岩波少年文庫）を読み聞かせてくれました。その先生が声に出して読むと、物語が生き生きとして、私がトムと重なってゆくような感覚がありました。同時に、トムの孤独や時代背景についても知りたいと思うようになりました。先生の声がひとつの世界をつくって、私はそこにトムが実際にいるように感じたのです。そして、先生はトムが生きた時代の背景について簡単に教えてくれました。

それを聞いて、私はもっと知りたくなりました。少しずつ本を集めると、歴史がつながっていきます。読むことは開かれたものです。ちょっと読んで、一行だけ憶えているといったことも読むことなのです。

私は多くの本を読んできたわけではありません。けれども、読む効用というのは、誠実に世界と向きあうことを学ぶことかもしれません。読むことは、ただ出会うことからはじまります。はじめましてといいながら、その世界と向きあってみる。そして、この本に何が書かれているのか、自分のペースで知る。その営みにはとても大きな意義があるように思います。

私にとっての図書室の風景は、こうしてはじまり、広がっていきました。

先生が読み聞かせてくれたことはかけがえない経験になりました。

同じ時期から、女の子の友だちと少女漫画について話したり、手紙をやりとりしたりしていました。そうやって、好きなものについて話したし、漫画を読みながら、この社会には歪みがあるといった話もしていたのです。大好きなものの話、社会の中の変えたいことの話、自分がなりたいものの話、そんな話を私たちはしてきたんです。それはもう三〇年以上も前の話です。それでも、今の私をつくっているのは彼女たちとのお喋りです。大人になってからも、そんな話をたくさんしていたいです。たくさんたくさんしていたいです。私は私の好きなものを大切にするし、あなたが好きなものを大切にしたい。だから、話をしていたいと思います。

図書館の贈りもの

もうちょっと、自分の話を続けます。

中学生になってからは、公立図書館によく行きました。

ジェンダーのことについて、セクシュアリティのことについて学んだのも図書館の本でした。

私は、一二歳の頃、図書館で性暴力の被害にあいました。その場所を回避したくもあったのです。しかし、引越しをして、その引越し先で、やはり図書館にだけはどうしても通いました。開架の図書だけではなくて、奥のほうにある書庫に並んだ本を夢中で読みました。自分がどう生きるか迷う中で、手当たり次第に読んでいきました。誰でも本が読める図書館があることの意味は、こうして生きるためにヒントを必要とする人をエンパワーすることだと思います。あなたにとっての生きるヒントも図書館の中にあるかもしれません。

書庫には宝物のような本が山のようにあります。もちろん、電子書籍にもアクセスしやすくなるのが大事で、これから図書館のあり方も変わり、もっと開かれたものになってゆくでしょう。私はそれをとても喜ばしい変化だと感じています。電子の世界でも、きっと私と似たような出会いがあるのだろうと想像すると胸が躍ります。

今も憶えているのが、書庫の二階に並べられていた中央公論社の「世界の名著」シリーズ。このシリーズは読書好きの人に全巻読みたいと思わせるラインナップでした。結局、飛ばしたものもありますが、案外よく読みました。書庫の一階には、主婦の友社が刊行していた「ノーベル賞文学全集」が収められていました。この全集は、表紙が綺麗で柔らかく、今から考えたら、贅沢なすごい企画です。いろいろな作品をコツコツ読み、読み心地がよかったのが印象に残っています。ほかにも、装幀が素敵な本もたくさんありました。古典文学全集、近現代日本文学全集、世界文学全集などを読んだのも中学生から高校一年生くらいにかけてでした。おもしろい本もたくさんあったのですが、日本の近現代文学にはどうして女性作家がこんなにも少ないんだろう、トランスの人の物語は少ししか登場しないなといった違和感がありました。その違和感を梃子にして、今、フェミニズムやクィア批評の観点からの日本文学研究をしているので、人生には連続性があります。

今のあなたをかたちづくっているものにも、かつて読んだ本の影響があるでしょうか。

私の家から近かった図書館は漫画を収蔵しない方針でした。一方で、コバルト文庫、講談社X文庫ホワイトハートなどの少女小説、角川ルビー文庫などのボーイズラブ（BL）の小説、詩集、写真集、画集などには力を入れていました。栗本薫の『終わりのないラブソング』シリーズを読んだのは図書館です。イラストは吉田秋生でした。吉田秋生はちょうど名作「BANANA FISH」も連載していて、私はその最終巻をリアルタイムで読んだ世代です。「アッシュ！」と涙がとまらなかったのを憶えています。漫画で知った作家さんが表紙や挿絵を担当していて読みはじめた作品はほかにもたくさんありますが、田中芳樹の『創竜伝』シリーズが印象に残っています。文庫版イラストは、CLAMP。CLAMPの「東京BABYLON」が、私の「東京」のイメージを今もかたちづくっています。こういうふうにあちこちから色々な表現と出会っていたのだと思います。漫画は図書館に置いていなかったので、お小遣いで買っていました。

文庫本もお小遣いで購入しましたが、詩集や画集などには手が届かず、図書館で読みました。藤井貞和の詩「雪、nobody」と出会ったのも、この頃でした。一生をかけて、ここにたどり着けたらいいと思った詩です。マルグリット・デュラスなど、断章を重ねる作家の作品が好きで、よく読みました。デュラスには、『エクリール――書くことの彼方へ』(田中倫郎訳、河出書房新社、一九九四年)という本があって、私にとって書くことについての原風景のひとつになっています。孤独のなかで書く姿が鮮烈に焼きついています。書くことは孤独ですが、お鍋を見ながら、台所仕事をしながら、書けたらいいなと思っています。

ペラペラとめくってみて、「あ、これは好きだ」という自分の気持ちに正直に本を読んでいました。そして、好きになった作家の作品やその作家が薦めている本、影響を受けたと話している本を読む。そういう読み方を私はしていました。大和和紀の「あさきゆめみし」がきっかけで『源氏物語』を読みはじめたりもしました。ビギナー向けでも、文庫でもなく、岩波書店の「日本古典文学大系」(いわゆる「旧大系」)と小学館の「日本古典文学全集」を二つ並べて読んでいました。なぜ、全集に向かったのかはまったくわかりません。格好いいと思ったのかもしれません。

大学に入ってから、この組みあわせは「古典」を読むとき、推奨されていると知りました。書庫で同じ場所にあって、かっちりしていそうな旧大系と現代語訳がある小学館の全集を選んだのですが、不思議な偶然でした。『源氏物語』は語彙的にわからないところも多かったのですが、辞書を引きながら、読みました。「須磨」、「明石」あたりの寂しさがすごくて、その文章に魅了されました。今でも、接続助詞でつなぎながら、長い文章を書くことが多いのは、『源氏物語』の文章が格好いいと思っているからです。最近は主語と述語が一組のみの単文のよさもわかってきたので変わってきましたが、自分の文章に影響を及ぼしているのは意外なところからなのかもしれません。

これだけ熱く語っていますが、この頃は、話ができる友だちがいませんでした。これは本当に寂しいことでした。本が好きな人と話したい。そう思っていました。このとき好きだった本、よく読んだ本について、今になっていろんな人と話す機会があります。そうすると、「お互いに好きな本が一緒ですね。あのキャラクター好きでした。あの場面好きなんですか？」というところから話ができます。漫画、アニメ、映画、ゲームなどでも一緒で、違う場所に生まれて、違う人生を生きてきた人たちがすぐに意気投合して話すことができます。好きなものについて話している時間はかけがえのないものです。この繰り返しが私を生かしてくれているのかもしれません。

施川ユウキ「バーナード嬢曰く。」

施川ユウキの「バーナード嬢曰く。」（既刊七巻、一迅社）は高校の図書室を舞台にした漫画です。本について話すことが重要なテーマである漫画で、高校時代にこういう経験をしたかったなと思ったりします。施川ユウキの作品には、「鬱ごはん」（既刊五巻、秋田書店）、「オンノジ」（秋田書店、二〇一三年）、「ヨルとネル」（秋田書店、二〇一六年）、「銀河の死なない子供たちへ」（上下巻、KADOKAWA、二〇一七〜二〇一八年）などもあって、どれもとても好きです。

「バーナード嬢曰く。」は、「読書家キャラ」に見せようとしている町田さわ子（「バーナード嬢」というアダ名を本人が提案しており、「ド嬢」と略して呼ばれることもあります）、本が好きでちょっとトガっている遠藤（遠藤君）、図書委員の長谷川スミカ、そして、SF好きの読書家である神林しおりたちが、高校の図書室でいろんな本についてあれこれ話す中で交流を深めていく物語です。本当はこんなふうには要約できないくらい人間関係や心の動きの機微が細やかに描かれていて、誰かに話しかけるのって緊張するよなとか、何でこんなこと言ってしまったんだろうと悩んだり悔やんだり、自分にも覚えがある日々の繰り返しが描かれています。人と一緒に生きていると、齟齬や亀裂もあります。それでも共にいることについての物語としても私は読みました。本の内容に共感したり、反発したり、装幀にこだわりを見せたり、一喜一憂しつつ、やっぱり読むのは楽しいなという納得が生まれていく。誰かとその感想を語りあったり、語りすぎたかなと落ち込んだり。これは大人になってからも、何か好きなものがある人ならやっていることではないでしょうか。自分が好きな本をおすすめしたいけれど、「自意識」を知られるのはちょっと恥ずかしいとか、そういう大切な日常が描かれていきます。

どのお話も好きなのですが、今の私が惹かれているのは、第五巻に収録されている「75冊目」（【読まないといけない本】）です。「読まなきゃ　いけない本が　溜まってるのに　新たに読みたい本が　増える現象　なに――？」と町田さわ子がつぶやきます。それに対して、神林しおりは、「読まなきゃいけない本なんて　本来は無いんだから／読みたい時に　読みたい本を　読めばいいだろ」と言います。私は神林のこの言葉がとてもいいなと思いました。よく知られているから読まなきゃいけない。必要だから読まなきゃいけない。これを続けていると、誰かの価値観や効率や速さに押し潰されそうになります。本を読むとき、たしかに読む速度を上げることもできます。たくさん読もうとすることもできます。けれども、言葉ひとつひとつに入り込んでみると、それだけで心が躍る。そういう読書は譲り渡せない大事な時間です。「これ、とてもよかったよ」と、誰かに伝えたくなるような、話してみたくなるような読書です。

「バーナード嬢曰く。」の第四巻、「59冊目」（【渚にて】）で、学校をサボった神林しおりが冬の海に行く話があります。神林は、あまり人がいない渚で、「終末ものの名作」であるネヴィル・シュートの『渚にて』を読んでいます。寒々しい空が広がる砂浜に、コートを着て、マフラーをつけた神林がポツンと膝を抱えて座っています。神林は、周りを見渡して、「誰もいないと／なんだか世界が　滅びたみたい」と考えます。ちょうど、スマートフォンに町田さわ子からのメッセージが届きます。「きょう放課後　図書室くる？　借りてた本もってきたよ」。その言葉に神林は口もとを本当にわずかにほころばせているように見えます。神林は、鳥が飛ぶ海辺の砂浜の写真を送って、「学校サボった」と返信します。驚いたスタンプを送ってきた町田さわ子に神林は、「オマエも　海来たら？」と返信します。ここまで距離を詰めて大丈夫だろうか。軽く言いすぎてしまったのではないか。大切な人であればあるほど起こる葛藤が神林にはあったのではないかと思うのです。ふと、人の声がして、人影があるのに神林は気がつきます。その人影を神林は町田さわ子かもしれないと一瞬思います。

もし　ここに
アイツが　いたら

（「バーナード嬢曰く。」第四巻、九三頁）

自分が何かを読んで、感じて、考えたことを誰かに伝えたいと思うようになるのは、畢竟、「もし　ここに」と思える他者との出会いがあったからにほかならないのではないでしょうか。本だけではないですね。月を見て、花を見て、何かを食べて、旅をして、この世界を共有したい。そう願ったときに生まれるような世界です。私は神林がこういうふうに思えたのはなぜかと考えたとき、町田さわ子なら自分の話を聴いてくれると信じたからではないかと感じるのです。この人に話したら、聴いてくれる。一緒にいろいろなところに行ったり、いろいろなことをしたい。そう思える人がいるのはとても幸せなことだと思います。

優しく優しく生きてみたい

私はこの本で自分が辛いことについてたくさん書いてきました。けれども、私はいつも辛いことばかりではありません。泣きもしますが、笑いもします。楽しいこともたくさんあって、幸せなこともたくさんあります。性暴力による影響はまだ続いていますし、トランスジェンダーへの偏見や差別が苦しい状況も続いています。心や体の状態はあまりよくはありません。けれども、確かに心地よいと思える時間も増えてきています。日々生きている何気ない喜び、読んだり、書いたりする苦しさと手ごたえ、それについて誰かと話すこと。大切な人を大切にすること、はじめて会う人と話し出すこと、わからないことを知ること、そういう繰り返しを生きていて、この人生でよかったと思う瞬間を少しでも多く見つけられたらと願っています。楽しいという感情を私は持ってはいけない人間なのだと思ってきました。そうではないということに気がついたのは、本やいろんなことについて話をしてくれた人たちのおかげです。

「自分で自分に辛くあたりすぎていませんか？」

去年、そう問うてくれた人がいました。オーバーワークで私が体調を崩していたのと、自分へのハードルが高くなって自罰的になっていた頃、その話をしたときのことです。

私は、「そんなことないですよ。全然、辛くあたっていないと思います」と答えました。

「じゃあ、あなたが、今、自分にしていることをほかの人にもしますか？」

と、その人は今度はそう問いました。その言葉を聞いた瞬間、思いもよらなかった涙があふれてきました。

「絶対にしません。私が自分にしていることは虐待です。いじめです。パワーハラスメントです。懲罰です。何よりも、暴力だと思います」

そう答えながら、どうして、自分に向けてならば、それをしてもいいと思ったのだろう、そんなにひどいことをしていることに、どうして気がつかなかったのだろうかと不思議でたまりませんでした。

今、私の周囲には、驚くくらい親切で、優しい友だちがたくさんいて、彼女たちに学ぶことが多いです。そして、最近気がついたのですが、彼女たちは自分自身にも親切で優しい、あるいはそうしようとしていると感じることがあります。もちろん、自問自答したり、葛藤したり、自分に優しくできない状況が彼女たちにもあったと思います。それでも、自分と話して、よく聴いてあげること。何をしたら喜ぶか、幸せになるかをよく知ること。自分と対話するような注意深さは他者にも発揮できる宝物です。

対話や注意深さといったことがどれだけ難しいかもよくわかるので、手放しでそれをしましょうとは言えないけれど、誰かが誰かに優しくしているのを見ると、私もこうすればよいのかと知ることができます。そして、誰かにも優しくなりたいと思います。この優しさの総量やバリエーションが増えれば、少しだけ生きやすくなるかもしれないと感じています。つまり、相手に注意深くなったときに生まれるのが他者を本当に思うということなのかなと。

優しくない制度、優しくないヘイトの中を生きてきたので、構造的に優しさがあふれたらいいなと私は願っているのかもしれません。でも、優しいって何なんでしょうね。

あなたの話が聴けたらうれしいです。

11

変わって
ゆく
私を
受けとめる

泣きたい夜には泣いていい

地下鉄の電車のなかで、イヤホンで音楽を聴いている。今年は冬になっても暖かかったから、マフラーはせず、扉の横に立って、プレイリストをランダムにして聴いていると、中島みゆきの「泣きたい夜に」が流れてきた。少しの移動時間、思いがけずこの歌と出会って、私はいまの気持ちを言いあてられた気がした。一〇歳からずっと中島みゆきの歌が好きで聴いてきた。私の言葉のリズムはほとんど中島みゆきの歌のリズムから学んだものだといってもいいくらい。昔は、大人な歌だなと思って、その意味がわからなかった歌詞が、最近はしみじみと染み込むようになってきた。そのひとつが「泣きたい夜に」だった。

泣いている夜、誰かそばにいてくれる人がいれば、とても心強い。迷ったときや自分で決められないときに相談できる人がいると人生は大きく違う。

だから、あなたが泣きそうな夜、あるいは、泣いてしまってどうしようもない夜、何もできないけれど、そばにいるよと、伝えたい。

だけど、その伝えかたが私にはまだうまくわからないのだ。

私は人間どうしの関係が壊れる経験をしたことがある。性暴力の話についてこれまで書いてきたし、その経験もたしかに大きいのだが、最初に壊れていたのは家族との関係であったのかもしれない。

嫁と舅の同居で家族の関係が悪化した。それはどこにでもある物語なのかもしれない。何よりも悲しかったのは、母が、どんどん私たち周囲の人と距離をとり、世界に背を向けて心を閉ざしてゆくのが、六歳くらいの私にもわかったことだ。どうすればお母さんは心を開くだろうというのがそのときの問いだった。本を読んでくれるのが上手くて、優しいお母さんが毎日泣いている。その苦しさが伝わってくるのに、でも私にはどうすることもできない。自分に力があればと思った。すべてを解決できるような何か強い特別な力があればと。

多くの子どもにとってそうであるように、こういうとき、大人になってから、「こう解決すればよかったよ」といっても、そのときの子どもは精一杯を生きているのだ。私は、毎日、辛そうにしている母にどうやって好かれようかで必死だった。見捨てられるのが怖くて仕方がなかった。その価値観が今の自分の人生の基準になっていることがある。見捨てられないために、すがりつく。自分の信念を裏切ることすらある。本当は言わなければならないこと、言いたいことを喉の奥に押し込める。

小さな子どもにとって、親に見捨てられることは世界から見捨てられることに等しい。お母さんに見捨てられたら、生きてゆけない。その記憶が自分を押さえつける。自分でも驚くのだけれど、今でも私は身動きがとれなくなってしまう。

今、母は老いて、色々なことを忘れていっている。それを見ていると苦しい。私は母への愛情を感じる。でも、同じくらい、私はもう自由になってもいい時期であるようにも思う。もう、母の価値観に縛られなくてもいいよと、私は自分に言ってあげてもいい頃だろう。私は母とは別の他者である。私と母は違う人であり、生きてきた経験、感情、すべてが違う。だから、わかりあえないと思ってしまうのではなくて、尊重できると信じるところから、母との関係をつくりなおしてみたい。コロナ禍があり、久しぶりに会った母の老いに驚いた。昔のことを忘れてゆく母を前にして、私はどうやって、関係性や距離をつくりなおそう？

私の人生で最初に「他者」としてあらわれた母との距離を、私はどうやってつくったのか？私は赤ちゃんで、お母さんのほうに両手をのばして、お母さんを呼んでいただろう。お母さんは大切に私を抱きしめてくれただろう。記憶もないのに、それだけは私の中で確信のようなものがある。母のよいところは人に意地悪なことをしないところだ。そういう信頼感を、私は母に持っている。

けれども、私が六つの頃、お母さんが人に心を閉ざしたことを、私は何か大きなものが失われたような気持ちで思い出す。私の中でも他者への信頼みたいなものが壊されたけれど、先に壊されたのはお母さんだったのだなという観察と分析が、大人になった私にはできるようになってくる。この人に何が起きて、どういうふうに子どもが巻き込まれたのか、メカニズムはわかるのに、それがわかっても、私は見捨てられる恐怖にとらわれずにはいられない。私の中にインプットされた恐れがいまだに起動し続けて、見捨てられ恐怖に押し流される。

泣きたい夜に誰かといたい。だけど、誰かと一緒にいるのは怖い。

私の中で二つの思いが行ったり来たりする。私は誰にも見捨てられたくないから、世界中の人とあらかじめ関係性を絶っておけば見捨てられることもないなと思って生きてきた。去年、生きづらさに押し潰されそうになったとき、おたがいに気づかいながら、ここはこうした方がよいと思います、と実質的な指摘をしあえる友だちができた。その友だちに、「見捨てられないために世界中の人とあらかじめ関係を切ろうとしてしまう」と打ち明けてみた。自分を苦しめている考え方が何なのかを話しあっているときのことだ。気がつくといつも自分を苦しめているものの正体について話すことはあまりなかったので、新鮮な体験だった。

見捨てられたくない、ほめてほしいということだけで、ここまで生きてきたが、もう、自由になってもいい頃ではないか。子どもの頃と同じように親とか他人の承認を欲していたが、それらはその人たちの価値観にすぎない。もう、他人の評価は手放そう。そう決めた。私には私の世界があって、言葉があって、避難できる物語や支えてくれる好きなものがあって、それについて話せる友だちもたくさんできた。けれども、家族のいた場所には重力がある。そこに繰り返し引き戻されるような強い力がある。お母さんのことが私は大好きだった。けれども、人生に疲れて、明るかった母が心を閉ざしていった年月のことを思って、私は家族の重力からいつも距離をとるようになった。

今から考えると、六歳の子どもが、家族をどうにかしないといけないという義務を背負う必要はなかった。今、きっと、これを読んでいる人の中にも、家族を背負わされたり、他人の価値観で生きなければならない状態の人がいると思う。私は、あなたにはっきりと、他人は他人であり、あなたはあなたであると言いたい。子どもの頃にかたちづくられた価値観は強力だから、すぐにどうにかできるものではない。でも、泣きたい夜の子どもたちが涙を必死にこらえなくてもよくなったらいいといつも思う。「怖い」とか「悲しい」といって泣いて、「本当に怖かったね」、「悲しかったね」と言ってくれる誰かがいれば、それだけでいい。子どもには大人を支える義務はない。泣きたい夜は自分だけのためのもので、どれだけ泣いてもいい。恥ずかしくもないし、責められるものでもない。よく泣けたねというだけでいいのだ。

心の傷の縫い方はあまり教えてくれないものである。それで、不意をつかれて、繰り返し繰り返し、心の傷は開きつづける。そんなとき、傷とどう生きるか、それまで知らなかった知恵を得たら、だいぶ生きやすくなるはずだ。私がずっと探しているのも、そういう傷口を縫うような言葉なのかもしれない。

上岡陽江＋大嶋栄子『その後の不自由』

上岡陽江と大嶋栄子が書いた『その後の不自由――「嵐」のあとを生きる人たち』（医学書院、二〇一〇年）は、まさに、家族について、人との距離感や関係性について、そして回復について、具体的な知恵をくれる本だ。家族のなかで境界線を壊されたり、さまざまなかたちの暴力など、理不尽な体験を生き延びた人たちにとって、生き延びたその後を思い描くための言葉や知恵があることは心強い。薬物やアルコールへの依存を経験したことがある女性たちをサポートする施設、ダルク女性ハウスの代表である上岡やハウスの仲間たちの具体的なエピソードについて書かれている本である。私にとって、生き方を教えてくれた一冊だ。

大切な言葉ばかりなのだが、いくつか紹介してみよう。

『その後の不自由』のなかで、上岡は、「「そこそこ健康」な家庭に育つ」と、家族以外にも「応援団」をもっていて、「クッション」みたいに何重にも、「私」が守られていると説明している。上岡は、この「応援団」がかたちづくられると、辛いこと（たとえば会社がしんどいなど）があっても、別のコミュニティに居場所があり、「自分の価値」を見つけられ、息がしやすくなるという。私は、この考え方がとても大事だなと思っている。

上岡は、この「「そこそこ健康」な家庭」では、《順番》と《境界線》が重要だと書いている。たとえば、お母さんが夫の親族につくして子どもを放り出し、大事にするべき子どもが二の次にされてしまうと、《順番》がごちゃごちゃになっているということになる。第一に大事にされるべき「私」の《境界線》が壊されているということである。この《順番》と《境界線》の混乱が四六時中起きてしまうと、子どもにとって、何が安全か、どこにいれば安心か、誰に何を言えばいいのか、言ってはいけないのかなどがわからなくなる。そしてそのうち、「自分」ではなくて、「他人」にあわせて生きるようになる。自分が真ん中にないという状態である。私はこの本の説明を読んで、これは私も経験したことがあると受けとめた。

私にはほぼ私がない。

「私」をなくすことは、《境界線》を壊されて育ったときに起こってしまうことだ。

自分と他人の区別が曖昧になるというのはおたがいがぼんやりとわからなくなるイメージではなくて、自分が他人のすべてをなんとかしないとならないという責任過多の状態、世界全部への責任を背負って立つ感じであり、他者のことを全部自分が何とかしようとして疲れ果てる日々を送るというのが私の感触だ。『その後の不自由』のなかで紹介されているエピソードにもあるとおり、自然災害や戦争、紛争などですら自分のせいだと感じてしまう感覚が私にもある。小さい頃の家族関係で、子どもでいられず、ケアを与える側になったり、みんなを笑わせないといけなかったり、感情を押し殺したりしないといけなかったので、そうしているうちに身についてしまった感覚なのだと思う。他人に自分を捧げているので、自分がない。

自他の区別をつけるというのは私にとっては大きな課題だ。これは自分が背負うべき問題か、自分の責任の範囲かを毎回確かめるようにしているが、今でも見極めが下手だ。

このあいだ、世界と自分の関係がわからなくなって、この仕事で失敗したら、世界が滅びてしまうかもしれないと感じた。関西に住む知人にメッセージを送ってその話をすると、「それくらいやったら、世界は滅びへんで。大丈夫やで～」と返ってきた。自縄自縛の状態だったので、こういう突っ込みがひとつあると、あ、今、私はすごく自分の思い込みにとらわれていたのだということに気がつく。世界に影響を及ぼすとはどれほど傲岸不遜なのかと思われそうだが、自分が世界を救わないと、と思い込んできたので、本人は大真面目で世界と戦っているのである。

信頼できるなと思った誰かに話を聞いてみる。色んな価値観を知る。自他の区別を知る上ではすごく大事な気がする。話をするようになった彼女たちも苦しい経験をしてきた。自分を解きほぐす言葉を見出してきた。その言葉を、私たちは互いに交換するのだ。

あるとき、別の友だちに、「さっきの発言で世界中のみんなに嫌われるかもしれない」と相談したら、「世界中みんなと知りあいじゃないよね？　だったら、知らない人も多いから、みんなには嫌われないよ。大丈夫だよ」という論理的なアドバイスをもらったことがある。非常に論理的な人だからというのもあったのだが、確かに世界みんなというのは広すぎて、ありえない虚像なのだとそのときはっきりとわかった。それまで、嫌われるのが怖すぎて、世界のみんなに嫌われないようにと思ってきた。このときすでに私は、all or nothing 思考に入り込んでいた。でも、友だちの言葉で、世界中の人に好かれなくてもいいのかとすごく納得した。自分と他人の境界ができた瞬間だった。私は今、自分を追いつめる言葉や考え方を変えようとして生きている。私がとらわれている鎖をほどいてくれるような言葉と出会って、私はようやく自分の生きづらさを変えてゆくことができる。

自他の区別をつけるというのは、《境界線》を壊されてきた子どもたちにとって、その後も重要な問題だ。私たちは相手と違う意見を言ってもよい。それを全否定されない。そういう意見もあるのかと尊重される。《境界線》を持ったまま、おたがいに違うままで尊重されるのだということを知る経験を重ねてゆくと、境界のあり方が変わる。《境界線》を踏みにじる人がいたら、私は徹底的に戦うだろう。なぜ、自他の境界がこれほど大事かというと、自分と他人は違う、だから、尊重するというふうに考え、そういう社会や関係性をつくるためなのだと、私は思う。他人は他人、わからない。だから、何をしてもいいとか、いないものとするのではなくて、どうやって一緒に生きられるかを私は探してゆきたい。私は私として誰かと一緒に生きたい。

「私」を取り戻す

私は高校生の頃から摂食障害である。高校一年生になった頃、自分の体重をコントロールしようとしはじめた。これにはさまざまな要因があると思うが、やはり「永遠」を求めたのではないかと思う。ジェンダーについて、自分が望まない形で扱われることが増えていった時期とも重なる。私は自分の身体が望まないものに変わるのが嫌だったので、「肉」の部分を限りなく削ぎ落としてしまいたかった。永遠に変わらない身体がほしかった。

それらが重なって、拒食と過食のループが起こった。今になると、摂食障害は生きづらさに対処するための方法だということを学んだし、たしかにそうだったのだなとわかる部分もある。けれども、一番大変な時期というのは本当に「嵐」のなかにいる。苦しい。見捨てられる恐怖があったり、完璧主義になったり、他人に頼れなかったりというのが重なると、その苦しみから逃れるために過食するという時期が続いた。色んな本を読んだが、『その後の不自由』のなかには女性の依存症者の回復についても書かれていて、私は大きなヒントにしている。

女性依存症者の回復の目安
❶自分の言葉でしゃべれるようになること
❷自分の都合も優先できるようになること
❸変化する自分の身体とつきあえるようになること
（『その後の不自由』、五六頁）

私はこの「回復の目安」がとても好きだ。

ひとつめ、「自分の言葉でしゃべれるようになること」というのは、「私が」というふうに主語を用いて話す「I（アイ）メッセージ」であるということだと思う。自分のことを思い返しても、私は、自分ではないものに、自分の言葉を、ずいぶん長いあいだ明け渡してしまったように感じる。私の気持ちや私がしたいことは全部後回しで、他人がどう考えているかが第一だった。日本語は主語を曖昧にできるとよくいわれるが、そんなことはなくて、実はどこにでも主語を入れていい言語だ。「私は嫌だ」、「私は楽しい」、「私は選ぶ」、「私はこれがしたい」といったふうに、「私」という主語であふれさせてみると、「私」がそこにちゃんとあらわれてくるので、ときどき、主語の「私」を必ず入れて考えたり、話したりということを試している。これはある種の文法的回復といえるだろう。一人称代名詞を失っていた「私」が一人称的視点から語れるようになってゆく練習なのだ。

ふたつめ、「自分の都合も優先できるようになること」という言葉、これも、文法とかかわっているなと私には感じられる。助詞の「も」がとてもいい働きをしている。おたがいのあいだで相互尊重的なやりとりができたらいいなと思わせてくれる「も」という言葉。それぞれの事情を大切にしながら、双方の時間や生活の大切さを知ってゆくためにこれほど明快な助詞はないだろう。これもやはり生き延びるための知恵が文法に結晶した言葉だと思う。

三つめの「変化する自分の身体とつきあえるようになること」というのもとても大事で、小さな頃、痛みを感じないようにして生きてきたせいで、依存症の女性たちの多くが「身体の感覚のスイッチ」を切ってしまった経験があるという。そのために、変化していく身体と意識がかけ離れているのではないか、とこの本では説明されている。私も「身体の感覚のスイッチ」を切ってしまった経験がある。私の場合も全部の痛みが「死」に即変換される。痛い、死ぬ、しか私には感覚の回路がずっとなかった。段階やグラデーションがないのだ。身体の変化をどう捉えるのかは自分の人生の経験と繋がっている。

ダルク女性ハウスでは自分の身体の状態についての当事者研究もさかんで、『Don't you? ～私もだよ～――からだのことを話してみました』(ダルク女性ハウス、二〇〇九年)などの本を発刊したり、経験談の共有が行われている。生理や更年期といった変化、出産・授乳・育児などでの変化も受け入れられないことがあり、「生身のからだ」の変化に弱い。そんな自分の物語について語り、聴くうちに、生きるための知恵が生まれてゆく。『その後の不自由』のなかで、とても印象に残っているのは、「回復とは回復しつづけること」という言葉だ。上岡はこう書く。

株価だって毎日変わるし、同じ日なんてない。それなりに変化していくことを受け入れてみんな生きていますよね。でも依存症の私たちって、変化したくないんです。不安だから今日のままでいたい。幸せであるほど、この一瞬や人間関係が永遠に続いてほしい。今日の友達のままで、今日の夫との関係のままで、親友ともこのままでいたいと何十年も真剣に思っている人たちです。薬物を使うと時が止まったかのようになるのですが、まさにそれを求めて薬物を使うわけです。

でも、本当は変化することがいちばん安定しているんですよね。だって、まわりは変化していってしまうわけだから。自分だけが変化しなかったら安定しないですよね。このことを受け入れられたのは、私自身にとって大きなことだったなぁと思います。

（『その後の不自由』、六二〜六三頁）

本当に、次の瞬間ですら、楽しいことがいきなり怖いことに変わるような世界や出来事を私たちは生き延びてきた。約束は守られず、親はいつも不機嫌で、友だちは急にいじめてくる。味方になってくれる大人は自分の都合で手のひらを返す。そうしているうちに、手をのばすのが怖くなる。ひとりで生きた方が楽になる。でも、さみしい。この世にはよい変化もあるのを知っているが、次の瞬間どん底に落とされてきたので、輝いているこの一瞬を永遠に変えてしまいたい。けれども、世界はどんどん変化する。

拒食と過食は、救いを求めるようにして、あのとてもよかった永遠に届きたくてしているようなところが私にはあった。救いを求めて、真夜中にコンビニを彷徨《さまよ》っていた。これを食べたら、幸福が訪れる。そして、この一口で過食が終わる。過食が終われば、もう、そのあと、拒食をしなくてもすむ。この苦しみはすべてなくなる。私の身体は自由だと思いながら、コンビニで買った菓子パンやシュークリームを口に押し込むのが高校一年生の頃の私だった。

とにかく、人を追いつめたり、駆り立てるようなダイエットブームだった。それに加えて、私は、自分の身体の状態が嫌いだった。永遠に自分の身体を自分が思うままにコントロールするためには「肉」の部分を減らしていくしかないと思った。肉を削ぎ落として、魂だけになれば解決すると真面目に信じていたところがある。だから、魂の状態になるにはあと××キロ痩せればいいんだということを本気で考えていた。でも、これは当然ながら本当に危ない考え方だった。つまり、魂だけの状態になるというのはすなわち死であったから。

この過食、拒食の激流のなかで二〇代半ばを過ぎて、同じ悩みを持っている人たちと知りあった。私は、アサーティブ・トレーニング（相互尊重的なコミュニケーションの練習）なども受けるようになって、何とか生きてきた。たくさんの人に出会った。私が言葉や知恵を教えてもらったのは、何よりも、彼女たちからだった。理不尽で苦しい体験を生き延びてきた彼女たちの物語が今の私と重なっていたり、今度は私の物語が誰かにちょうどフィットしたりすることが起こる。私がこうして書いているのも、彼女たちがそうしてくれたように、何か生きるヒントを持って帰ってもらえたらいいと思うからだ。

回復の「その後」

今の私は、「その後」を生きているということになる。私がいつも知りたかったのは「その後」を生きるためにはどうすればいいのかということだった。『その後の不自由』のもう一人の著者である大嶋栄子が、「はじめに」で、この本は「暴力をはじめとする理不尽な体験そのものを生き延びたその後、今度は生きつづけるためにさまざまな不自由をかかえる人たちの現実を描いている」と見事な文章を書いている。ここを読んで、私は本当にそうだと納得した。「理不尽な体験」については注目され、センセーショナルに書き立てられても、「その後」のことは気づかわれないできた。でも、「その後」を生きる人がほしいのは、日々をどう生きるのかの知恵や自分を支えてくれる言葉だ。私の今の気持ちも、回復の「その後」をどう想像しうるのか、そして、そのことについてどれだけ話ができるのかというところにある。

大嶋が「はじめに」の最後に書いた言葉が響いてくる。

> 本書はまた、理不尽な体験を生き延びている渦中のご本人が読んでくれることも想定して書かれている。日々の暮らしのなかで、きっと普通にできるはずと自分では感じることが思うようにならずに、苦労されているのではないか。そんな経験の全部というわけでは

ないけれど、ここに書かれている具体的エピソードのいくつかに〝自分〟を見つけてくれたらいいなと思う。いまは出会っていなくとも、必ずつながっていける誰かがいるはずである。

上岡さんも私も、これまでつきあってきたたくさんの「その後の不自由」を生きる人たちを思い浮かべながら本書を書いた。彼女たちの、症状にかき消されがちな言葉を、ひとりでも多くの人に届けられたらうれしい。

（『その後の不自由』、四〜五頁）

特別な誰かの特別な物語にしがちなとき、私自身、言い聞かせる言葉だ。私は永続性がある特別な物語が好きなので、なんでもない自分を受け入れることが下手だ。えらくなく、とくべつでもなく、へいぼんで、にこにこして、さんぽして帰ってくるような一日のイメージが怖い。死ぬほど頑張ったり、見捨てられないために自分のすべてを投げ打たないといけないと感じてしまう。

でも、これまでに出会った言葉や『その後の不自由』に登場する物語は、何でもない今日や自分の人生を生きていてもよかったんだという感覚をつかむヒントになる。永遠の回復、完璧な回復を目指してしまいがちだが、自分にできることをいいかげんにとどめてすることができるようになってくる。

心の傷が癒えるまでにはとても長い時間がかかる。自分ではなぜそれに陥ってしまうのかわからないこと、自分でもわかっているのに変えられないことは多くて、本人が一番苦しいときがある。周りの人にわかってもらえないと思って、ひとりになろうとする。

　そんなとき、これまでに紡がれてきた物語の存在を思い出してほしい。

　回復しつづける誰かの物語が回復しつづけるあなたの物語にもなりうるし、回復しつづける私たちの物語は確かに積み重ねられてきた。傍にいて、じっと待っていてくれる人がいることはとても心強い。久しぶりに会った友だちが、自分でも気がつかなかった自分の変化について教えてくれて驚いたりすることもある。そうして、私はあなたとまた出会い直してゆく。思いもよらない自分になってゆく。私は変わってゆく自分を肯定したい。どんな自分になるのかはいつも未知数なのだから。

12

アンラーンの練習

「学びほぐす」（鶴見俊輔の言葉）

自分の先生にあたる人たちがこの世からいなくなるのが怖かった。

幼い恐れであるが、「そのとき」が訪れてしまったら、もう教えてもらえないのだと、さみしくて仕方がなかった。しかし、ある時期から、自分よりも上の世代の人から教わるのが学ぶことだという考えかたが大きく変わってきた。一方的に何かを教えてもらえることを当然のものとしていた自分が恥ずかしくなった。私の学びかたは「物知りの人」に「正しいこと」を教えてもらう態度にほかならなかった。「偉い人」に学ぶという、上から下の学びのモデルや「正しい答え」を導き出すことが一番大事だという教育のモデルは、一九八〇年に生まれた私と同じ世代の多くの人が共有している学びかたかもしれない。

だが、積み重ねられてきた知見を正確に引き継ぎながらも、現在の社会や世界のありかたを問いなおし、新しい時代をつくるような学びを発見するためには、「これはあっていますか？」と答えあわせをするだけでは足りない。引き継ぎながら、どう新しくするか？　私よりも上の世代の多くの人々はこの大きな問いと戦ってきたように思う。私は今、その姿勢そのものをどう引き継ぐか試行錯誤している。

それに加えて、自分と同じ世代の人々、自分よりも後に生まれてきた世代の人々の仕事に学ぶことが多くなってきた。自分よりも上の世代の人たちにしか学べないという強固な思い込みはほどかれ、あらゆるものから新しく学ぶ。その度に、自分の無知が恥ずかしくなった。ある人たちの文化について私は無知だった。ある世代の人たちが切実なものとしている問いに応答するに足る言葉を私は持ちあわせていなかった。それに加えて、近年感じるのは、無知であることよりも、自分はもう全部知っていると思い込むほうが危ないということだ。思い込んでしまうと、もうそれ以上、何も学べなくなってしまう。自分は無知であると知ることこそ、本当のはじまりである。とはいえ、これまでと同じような方法で、同じ枠組みでもって、別のことを知るだけでは十分ではない。

アンラーン（unlearn）。学びほぐす。学び返す。

この言葉が私のなかで去年からとても大事になってきた。

私は大江健三郎の『定義集』（朝日文庫、二〇一六年）のなかに収められた「「学び返す」と「教え返す」」というエッセイでこの訳語と出会った。私はこれを重要な概念であるとこれまでも思ってきたが、大江の本を読み、unlearnという概念がほかのさまざまな事柄にも広がってゆくような気がした。大江は、「学び返す」（unlearn）と「教え返す」（unteach）という言葉を「対の英単語」として覚えたという。そのエッセイのなかで、大江は鶴見俊輔がunlearnを「まなびほぐす」と訳していることに触れている。

まずは鶴見が教育について書いた言葉から順に見てゆこう。

鶴見はいくつかの著作や対談のなかで、この「アンラーン」という言葉と自分がどのようにして出会ったのかについて書いている。大江は、ホスピスケアに力を尽くしてきた医師の徳永進と鶴見の対談の後記にあたる「死に臨む人の言葉をくみ取る」が「朝日新聞」に掲載されたさいのバージョンを読んで言及しているので、ここでも、その対談が収められた鶴見俊輔編著『新しい風土記へ――鶴見俊輔座談』（朝日新書、二〇一〇年）から引用する。

戦前、私はニューヨークでヘレン・ケラー（一八八〇～一九六八）に会った。私が大学生であると知ると、「私は大学でたくさんのことを学んだが、そのあとたくさん、学びほぐさなければばならなかった」といった。学び（ラーン）、のちに学びほぐす（アンラーン）。「アンラーン」ということばは初めて聞いたが、意味はわかった。型通りにセーターを編み、ほどいて元の毛糸に戻して自分の体に合わせて編みなおすという情景が想像された。

大学で学ぶ知識はむろん必要だ。しかし覚えただけでは役に立たない。それを学びほぐしたものが血となり肉となる。

（『新しい風土記へ――鶴見俊輔座談』、五一～五二頁）

ヘレン・ケラーの言葉を鶴見はまさに自分自身の血肉として理解しようと試みる。

私も、鶴見がいう「学ぶ」ということについて、自分に引きよせながら考えてみる。私は、これまで文学について学んできた。しかし、その「知」の大半が自分の経験と大きく異なっていた。男性たちの言語、異性愛中心の言語、シスジェンダー中心の言語で紡がれてきた「知」は自分にはフィットせず、窮屈さや息苦しさをも感じた。トランスジェンダーの登場人物たちが存在しないばかりか、私たちは、物語のなかで、侮蔑されるか、殺されるか、怪物のように表現されていた。私は、居場所のなさと、いたたまれなさと、傷つけられるかもしれない恐れを感じながら、文学を学びはじめた。

学びはじめて、私が何よりも恐れたのは、そうした物語に違和感をおぼえずにすむ人がつくった「知」を私が上手く学んでいるということだった。教えてもらったものを疑いなく学ぼうとすればするほど、そこに自分がいない「知」を重視し、自分が軽視されている「知」を身につけている気がした。自分自身が切り裂かれるような苦しみがあった。フェミニズム批評やクィア批評など、手がかりとなる文学の読みかたや理論、思想と出会って、ようやく、希望を感じた。それまで聴くことができなかった声に耳を澄ますようになった。私はそれまで学んだ知識をときほぐし、編みなおそうとした。だが、私はその日々のことを忘れそうになっていた。

おぼえた。知った。ときほぐした。編みなおした。

学ぶということが一度で終わる営みのように私は思いはじめていた。けれども、学ぶというのは、これまでもつづき、これから先もつづいてゆく長い過程の総体だった。鶴見がいう「毛糸」と「編」むという比喩に倣うと、私たちは、一度、身につけ、いわば編み終えたと思い込んでいる「知」をもときほぐし、新しくする過程を必要とするのだといえる。鶴見の文章からは、編むこと、ほどくことの鮮烈なイメージを受けとるが、「型通り」に編むことの困難さと同時に、私はほどくことの難しさを思う。

絡みつき、自分を縛る鎖のような「セーター」を私たちはこの社会で着せられることがある。それをほどき、編みなおすとき、編み目の強固さゆえに、ほどく作業に時間がかかり、その労力が凄まじく自分を疲弊させる場合がある。この労力はマイノリティに、よりたくさん、一方的に求められることが多い。自分の形を知ることが容易ではない場合もある。それでも、この世界にある学びの体系のなかに組み込まれた途端、私たちはすでにある「型」にはまることを求められる。

言葉、仕草、呼吸の方法、遊びかたや休みかたにいたるまで、「正しく学ぶべきだ」とされている事柄があまりにも多すぎる。正解はないはずなのに「正しさ」から外れていないか気になるようにつくられた学びが今の社会にはあふれている。学んだことをゆっくりとときほぐす時間も、検討する時間も、味わう時間も、消化する時間も、しばらく休む時間もないまま、駆り立てられるように、どれだけ自分が多くを知っているのか示すために学ぶことが重視されるのが現状のように感じる。

学校教育では、「型通り」に学び、自分を苦しめるかもしれない「知」を編むことが求められる場合がある。そのうえ、編むための「毛糸」にそもそも自分をあらわすための言葉がなかったとしたら、私たちは上手く自分の物語を紡げないだろう。近年、教育の現場でも、さまざまなジェンダーやセクシュアリティについて広く記述されるようになってきたというニュースに接するようになった。今、学校に通っている子どもたちにとって、「毛糸」となる知識が多様になっているとすれば、それは喜ぶべきことだ。同じ素材、同じ色にしかならなかったものが、もっと色を増し、そもそもの「型通り」という観念そのものを問うようになる。私はそこに、学ぶことのイメージの変容を期待している。そうすれば、「ほどいて元の毛糸に戻して自分の体に合わせて編みなおす」作業をするさいにも、無用な困難や苦労を強いられる人が少なくなってゆくだろうから。マイノリティの人々の多くは、学ぶ機会や時間を十分に持つことができずにきた。その不均衡な構造そのものを、学びほぐすことが、この社会で、もう一度、学ぶという営みをつくることだろう。

「学び返す」、「教え返す」
（大江健三郎の言葉）

ここまで、大江健三郎のエッセイで言及されていた鶴見俊輔の言葉について検討してきたが、大江は、unlearn に「学び返す」という訳語をあて、さらには unteach「教え返す」と「対」にして理解しようとしているのだった。大江は鶴見による unlearn の定義に触れたあとで、次のように問う。

しかし、まずどのようにして、人はまなびほぐすか、unlearnするか？　私が対の言葉として覚えているunteachという単語を辞書で見ると、そのための手がかりがつかめます。《（人）に既得の知識（習慣）を忘れさせる、（正しいとされていることを）正しくないと教える、……の欺瞞性を示してやる。》（リーダーズ英和辞典）　（『定義集』、四九頁）

大江が鶴見の議論をさらに推し進めるのは、私たちが身につけてきた「知識」や「習慣」には正しくないことやあやまりも含まれているからであろう。また、自分を守るために知識を曲げようとしたり、「欺瞞性」を含んでしまうことがある。正しくないと知ることで、自分の思い描いたものが崩れるとか、プライドが許さないとか、恥ずかしいとか、そうした一切の欺瞞とどう戦えるか。「正しくないと教える」他者があらわれたとき、つまり、unteachする他者によって、私たちは学びほぐす作業をはじめるのである。

この数年、私は自分自身の限界にいくつもの場面で直面した。自分の認識の「アップデート」のできていなさ、自分の感覚や経験を第一にして問わず、他者に向きあえないこともあった。けれども、まさにunteachする他者、私が自己欺瞞に陥っていると教えてくれる他者があらわれたのである。私は自分の間違いを指摘されたとき、それをつくりなおすように生きかたを変えようとしはじめた。多くの人と話し、思い至らなかったことに直面する日々の繰り返しであった。正しくないと教える教え返しを受けとめる。その後、何が原因だったのか検討し、学び返す。その繰り返しを習慣として行うようになった。そのなかで、ふたつの大きな学び返しを私は今している。

ひとつ目は、この数年、大学などで教えるさいに私が不十分だと悩んでいたことについて。二〇二四年二月六日に、東京大学が、「東京大学における性的指向と性自認の多様性に関する学生のための行動ガイドライン」(https://www.u-tokyo.ac.jp/content/400232573.pdf) を発表した。私はそれを読んで、言語化できなかったことがクリアになったと感じた。

ガイドラインのなかに、「大学生活上で直面する典型的な障害の例」として、「学生の安全を守るための情報共有やファシリテートが不十分なまま、差別発言が出ることが容易に予想されるトピックで、学生同士に授業やゼミなどでの議論や討論をさせる」(六頁) ことが挙げられている。アクティブ・ラーニングや双方向性のある授業が推奨されるなかで、「議論」や「討論」は広く行われるようになった。けれども、その場にマイノリティの人がいることを前提に、教室のあり方を整える必要があることは十分に理解されてこなかった。

アウティングをしないのはもちろんのこと、「議論」で用いられる言葉についても、差別にあたるもの、尊厳を棄損するものとなりえないか話しあうこと、つまり、多様な人がその場にいられるように努力することが必要なのだ。そして、相互尊重するという前提を共有した教室を教員が中心となってつくるようにしなければ、マイノリティはその場にいることすら辛くなる。ある人にとって心理的なトラウマのトリガーになる話題については、教員が知見を積み重ね、十分かつ正確に説明しなければならない。

私自身、教室に居場所がなかったり、「議論」や「討論」のさいに苦しい思いをしたことがあるのだが、時を経て、現在、私の認識はあまりにも甘くなりすぎていた。私が学生だった頃、差別語は当然のごとく発せられていた。私のことを意図しての発言ではなかったとしても、「議論」のさいに用いられる差別語やジェスチャーによって、私は、中学、高校、大学時代は居場所がないような、いたたまれないような思いをして教室の席に座っていた。

今現在でも、差別語や差別的なジェスチャーはやはりこの社会のあらゆる場所や場面で見られる。その言葉や表現がどのように、ある人々の尊厳を傷つけるのか、歴史的な側面、構造的な差別とつなげて話してゆくことが求められている。けれども、差別語が発せられない教室にするのがゴールではなく、それは出発点なのだと私はようやく気がついた。学生や教職員ら教育に参加するすべての人々が差別されない組織をつくってゆくこと。そこまでたどりつかなければ、教室は変わらない。このガイドラインに書かれていることは、私自身が持っていた「知識」や「習慣」が十分ではないことを教えてくれた。試行錯誤する日々のなかで、「明確な差別語」が出なかったらよいと立ち止まってはいけないことを私は改めて確認したのだ。

ときに、ジェンダーやセクシュアリティに関連する教育や対応は、それについて研究したり、フェミニズム、クィア・スタディーズについて教えている教員が担えばよいという考えが教育に関係する組織のなかにもある。だが、それも変えてゆきたい。東京大学のガイドラインに書かれたことは、教育に携わるすべての教職員が共有していなければならない前提なのである。しかし、ここに書かれていることを「知識」として理解するだけでは足りないだろう。私たちはまず、教員間で、教えかた、学びかたを絶えず話しあえるようにしたい。専門家の知恵を借りながら、教育についてじっくりと話せるチームづくりや時間の確保や会議の方法、縦や横のつながりを知ってゆかないといけない。

そのさい、自分が間違っていないと思い込んだり、自分の発言が絶対に正しいと考えはじめたら、すぐさま、ガイドラインを学び返すのがよい。自分が差別をすることは決してないという思い込みを手放すところから、教育ははじまるのだろう。こうしたガイドラインは、これをいったら不適切だから、いわないように気をつける、そういったチェックリストのように捉えられることがある。けれども、ガイドラインは、学ぶきっかけとなるだけではなく、自分が学び終えたと思っていたときほど、効果的に学び返す実践の手がかりになるのではないかと私は思う。ガイドラインは、不適切な発言をしないための攻略書ではない。学び返し、気がつき、そこからどう生きかたや教えかたを再生させられるかが鍵なのだ。

私は、知っていると思い込んで、「学び返す」ことを忘れていた。

自分が教えているつもりだったのに、自分の無知無明が明らかになった。こういうとき、学生に教えてもらうことがあると誇らしげにいってしまいそうになるし、そういう話をよく聞く。けれども、学生から学びを得ようと期待することはやはり間違っている。それが学生にどれだけ心理的な負担をかけるのかを私たちは知っていなければならない。

そうではなくて、学生の声をしっかりと聴く方法や話せる環境を整え、学生の声を反映した、協働してゆく場をつくってゆく。そして、その前提として、教員間での率直な意見交換も含めた、けれども相互尊重を行ったやりとりを通じて、自分たちの学び返しと教え返しを習慣にしてゆく組織をつくることが必要となる。そのさい、教員間の力の均衡にも意識的でなければならないし、その組織には、当然、マイノリティの教員がいると認識されていることも大事だ。

右に書いた内容が教育機関において共有されていることは、ゴールではなく、出発点である。「多様性」という言葉が広がっている今だからこそ、改めて、このことについて書いておきたい。そして、たくさんの人と話したい。私は、今も問いつづけているし、問われつづけていると思っている。学び終えたと思ったら、学び返す。これが私の学び返しのひとつ目だ。

「もっと深く学び」
（松下新土の言葉）

ふたつ目の学び返しは、ガザで起こっていること、これまでのイスラエルによるパレスチナでの占領、植民地主義、虐殺について、私はまず無知であった。そして、あふれる情報のなかで自分の学び知ったことがあやまりであったと認めた。

今、さまざまな人が参加できるデモのありかたがつくられようとしている。また、クィア・フェミニストの社会運動とパレスチナでの虐殺への抵抗運動が交差する。私は、フェミニズムとクィアの視点をつなぐかたちでパレスチナのことについて学ぶようになった。

詩人で作家の松下新土が、「私たち一人一人が、もっと深く学び、この抵抗を、故郷を破壊された人びとの痛みとつなげること。」(https://x.com/fnmr_s_/status/1726803075007156317 二〇二四年一二月七日閲覧。以下同)という言葉をXに書いたのは二〇二三年一一月二一日のことだ。一九四八年以来、イスラエルによるパレスチナの占領と虐殺がつづき、二〇二三年一〇月七日から現在においてもガザでの虐殺がつづいている。二〇二四年一一月、ガザでは四万三〇〇〇人を超える人々が亡くなったと報じられた。爆撃と飢え、水がないこと、傷や病。殺戮の映像を私たちは目のあたりにしている。病院などの施設の破壊が行われ、最南部のラファにまでイスラエル軍の侵攻は及んでいる。これが二〇二四年一二月なのだ。

松下の投稿を読んだとき、「もっと深く学び」という言葉が胸に響いてきた。一人一人の痛みが他者の痛みと共鳴し、共振するイメージを感じた。植民地主義、資本主義、気候変動、移民排斥、ジェンダー差別、性暴力。書ききれないほどの痛みを引き起こす世界がある。自分の痛みのために他者のことを考える余裕がない場合もあるだろう。それでも、松下は、「もっと深く学」ぶことの切実さを綴る。他者の痛みを思う感性の喪失。他者の痛みへの想像力の枯渇。これらの身についてしまった感覚や習慣の問いなおしこそ、大江健三郎がいう、学び返すことにほかならないのではないだろうか？　私から遠く離れた世界の話は私には関係がない。そうした思い込みをどうときほぐし、どう学び返せばいいのか、そのことについて松下は考え、訴えている。

「東京新聞」(二〇二三年一一月一四日、https://www.tokyo-np.co.jp/article/289804)による

と、松下は二〇二一年に白血病を発症し、治療中に「魂の破壊に抗して」という、アラブ文学者の岡真理の言葉と出会ったという。自らの痛みのなかで松下は言葉を紡ぎ、デモで声をあげ、スピーチをする。その言葉を聴くたびに私は自分自身が学んできたことを問いなおす。そして、実は、何ひとつ学ばず、何ひとつ見つめず、何ひとつ聴いてこなかった自分自身に気づいて、恥じる。痛みで他者とつながることは、他者の痛みを自分の痛みとして同一化して捉えることとは違う。そうではなくて、「あなた」へ向けて何が苦しいのかと問い、応える。「あなた」が、今、何を欲しているか、真剣に考える。その繰り返しのなかでしか、痛みを訴える誰かに手をさしのべることはできないのかもしれない。

松下は、「人間の痛み、人間のひかり」という詩のなかで、次のように書く。

あなたが凍りついたとき。
血もまた凍りついたのだった。心的外傷を負ったひとは
冬の**身体**で生きる。そうしなくてはならなかった。
身体をつめたくさせて。
冬は――ひかりさえ、凍らせてしまうから。
痛みを凍らせて。記憶さえ。

（二〇二三年五月一二日、https://x.com/fnmr_s_/status/1656932764766334976）

この詩を読みながら、私は自らの「心的外傷」のことを思った。同時に、どれだけ多くの人が、「凍りつ」き、「冬の**身体**」で生きることを余儀なくされているのかについて考えた。「冬」から春へ、夏へ、秋へと季節はめぐってゆく。けれども、凍りついたような記憶といわれる「心的外傷」は冬の根雪のように残りつづける。季節がめぐるのと同じように凍てついた記憶が溶けて流れはじめるイメージを私は信じたい。けれども、この詩に書いてあるように、「凍りついたとき」のままに「痛み」が深く残りつづけることがある。松下の詩が投稿されたのは二〇二三年五月のことだ。その後に一〇月七日の出来事があり、二〇二四年一二月、虐殺はつづいている。痛みはやまない。

人は傷つくということ。痛むということ。

もっと深く、もっと深く、そのことを知らないと。

私は、生を打ち砕き、希望を打ち破る破壊に抗う言葉を知りたい。デモやパレードやおよそあらゆる場所であげられる声を聴き逃さないような聴き方を見出していたい。私は、一二歳の頃、レイプされた。背中に刃物を突きつけられ、そのあいだ、死を感じていた。その経験は今もまだ私のなかで凍りついている。しかし、その経験を梃子にして、私は他者の言葉を聴くだろう。松下の言葉を読みながら、痛みでつながる回路がありうるということを私は学び返す。

「戦争虐殺を止めようぜ」（大田ステファニー歓人の言葉）

二〇二三年一二月二一日、私は松下新土と大田ステファニー歓人の音声配信（「空爆を止めるためのスペース#22」）を聴いた。大田は、「みどりいせき」で第四七回すばる文学賞を受賞し、二〇二四年二月に集英社から単行本が刊行されている。その後、同作は第三七回三島由紀夫賞を受賞した。大田がすばる文学賞の授賞式で行ったスピーチは動画をとおして広く知られた。ガザでの殺戮とその惨状の報道を前にして、「生きてるだけで罪悪感」という大田のスピーチの言葉が胸に刺さる。

小説を書くこと、読むことには何の意味があるのだろう。そう思いそうになる。けれども、目をそらさないこと、聴くのをやめないこと、痛みに応えること。それが大事だ。でも、私たちが目のあたりにしているのは大虐殺である。傷つき、病に苦しみ、水も食べ物もない状態がつづいている。決して壊してはならない命や営み、建物や風景が根こそぎ破壊される。文学はそれに抗うことができるのか？　配信で、松下は、文学や芸術にはその人の人生を変える力があるといった。私がこれまで読んできたのは、まさに、ある人が生きるための言葉を見出すように働きかけ、さらには社会を変えることができる文学だった。そしてまた、大田は、「戦争虐殺を止めようぜ」といった。私はその声をたしかに受けとめた。

　ふたりの話を聴きながら、私のなかで消えかけていた抵抗の灯火が蘇ってきた。それまでもずっとあったのだが、二〇一八年からトランスジェンダー差別が日本でもSNSを中心に過熱し、私が何かいうと、それがトランス女性みんなの意見であるという受けとめかたをされてしまう怖さが生じた。一般化するほうが本当は間違っている。けれども、私はなかなか発言できなくなってしまった。去年から、長い時間をかけて、色々な人と話すなかで、ようやく言葉が見つかってきた。デモにも参加するようになった。デモ以外にも、さまざまな方法で、現在起こっている虐殺や占領に抵抗できることも知った。不買運動、文化・学術におけるボイコット、寄付、SNSで発信することや周りにいる人と話すこと、ZINEをつくることなどその方法は多岐にわたる。それらの方法を私は学び返す。これまでとは違う言語の姿が見えてくる。これまでとは違う社会の姿が見えてくる。これまでとは違う世界のありかたが見えてくる。文学や文化や芸術が私に見せたのは、そのような景色だった。

『すばる』二〇二三年一一月号の「みどりいせき」についての選評で、選考委員の金原ひとみは、「本作を読みながら取得した言語によって、遠くの世界まで旅に連れ出されたような気分で、最後のページを読み終えた」（一二六頁）と書いている。金原が、「本作を読みながら取得した言語」という言葉を選んだことに私はうなずいた。まさに、「みどりいせき」は、小説のなかで、読者が、これまで学んできた言語を学びほぐし、学び返すような経験を生きられるように書かれていると思った。私は、この小説を読み、自分が身につけた言語、こう使わないといけないと教えられてきた言語をときほぐし、新しく編みなおすような読書をした。新しい言葉に心惹かれたのもたしかだ。けれども、それと同じくらい、現代を生きる「僕」（桃瀬）の視点が宇宙的に広大な、あるいは量子的な小さな世界にまで広がり、解体されるような語りかたがなされていることに魅力を感じた。『みどりいせき』はこんな一節からはじまっている。

あれは春《はる》のべそ。まぁ、そんなわけないし、もしそうなら、みんないつか死ぬ、ってことくらい意味わかんないし、わかんないものはすこし寝かせたい。

（『みどりいせき』集英社、二〇二四年、三頁）

読者である私は、「春」という言葉が何なのかわからないまま、この小説を読みはじめる。季節の「春」なのかと思うが、「べそ」という言葉との結びつきが最初の段階ではわからない。格助詞の「の」を挟んで、組みあわせを想像しにくい「春」と「べそ」が結びついている。ここですでに新しい言葉の結びつきを私は知る。しかも、「春のべそ」という言葉は、「あれは」という指示語とつながってはじまっているのだ。距離がある事物や場所を指し示しながら、「あれは春《はる》のべそ」と書ききる。未知の語り手が大切な何かを教えてくれるような場面にも感じるし、わからないものをわからないまま読む経験でもある。読み進めると、「僕」とバッテリーを組んでいた「春」という人物のことだとわかるのだが、言葉に振幅がある。すべての文章が有機的に繋がってゆく。それが冒頭の一文からはじまっている。この文法的な精密さと言語表現の広さが、この作品の魅力だ。
その後、「**さくら**」という題が付された章では、「僕」の成長と宇宙の成長が重ねられてゆく。「天の川銀河」に「太陽」が生まれ、地球が生まれる。これは宇宙史である。それが個人の歴史と折り重なっている。このダイナミズムに圧倒される。それだけではない。人類の殺戮の歴史と二つの世界大戦、自然環境の汚染にも言及されている。句点で区切られずに流れてゆくこの箇所は、「僕」から「宇宙」へ、「宇宙」から「僕」へという円環を描いている。
パレスチナのことは遠い出来事だろうか？　この地球の歴史、そのなかで私が生きていると き、私は遠くの誰かとつながっている。そんな感覚をこの小説から受けとって、「戦争虐殺を止めようぜ」という、大田の言葉が歴史のなかにしっかりと位置づいていることに気がつく。別の問題とされてきたさまざまな事柄が実は結びついており、しかも、それが徹底的に「個」のなかで認識されてゆくこと。それは、「型通りにセーターを編み、ほどいて元の毛糸に戻して自分の体に合わせて編みなおす」という言葉とも響きあってゆく。

無理って言われても勝手にやる　試行錯誤　自分なりのスタイル
（第四七回すばる文学賞授賞式スピーチ、https://www.bungei.shueisha.co.jp/shinkan/midoriiseki/）

いろんなしんどさがあって、落ち込み、社会と向きあえない数年を過ごしていた私は、もう一度、出発点に戻れた気がする。この言葉を読んで、戦争虐殺を止めようと、私ははっきりそう学び返す。深く学ぶこと。そして、学んだことをときほぐし、自分の心の奥底で納得し、自分の表現をつくること。この繰り返しのなかで、学んだことは本当の意味で自分の知となり、この世界を変える。

13

看護について学ぶ

看護にとって文学とは何か？

フロレンス・ナイチンゲールに改めて注目が集まっている。ナイチンゲールは、一八二〇年にイギリス人の両親のもとに生まれ、現在に連なる看護の基礎をつくり、「ランプの貴婦人」、「クリミアの天使」といった呼び名で、生きているうちから伝説的な存在になっていた。けれども、近年の評伝が教えてくれるように、統計学を駆使した、感染などに対処する看護の確立をはじめ、病院の設計によって衛生環境を整えること、チームで看護を行うための組織化、看護師養成のための看護学校の設立など、その活躍は多岐にわたる。

私がナイチンゲールと出会ったのは、看護専門学校で、非常勤講師として四年間（二〇一四～二〇一七年度）文学を教えていた頃のことである。私は、はじめ、看護師を養成する専門学校に文学の科目があるという組みあわせに意外性を感じた。私が教えていた看護専門学校では、文学が基礎分野に置かれていた。そして、基礎分野ではあるが、文学という科目があったのは最終学年である三年次の後期だったのである。三年生の後期は病院での実習の総仕上げと重なる、看護学生にとって重要な時期である。また、二月に行われる看護師国家試験（いわゆる国試）に向けての猛勉強をする時期でもある。

日程的に忙しく、疲労も溜まり、精神的にも気が張るこの時期に文学を教える意味とは何だろう？　受け入れをしてくださった先生方から、カリキュラムの編成や三年次にこの科目を配置しているのはなぜかについて、お話を聴いた。実習も含めて看護師の卵として学んできたことをまとめる時期であり、文学の言葉がその経験を整理する助けになるというのが大きな理由のひとつだった。また、看護師は日誌や申し送りの文章をたくさん書く。そのときのために、書くこと、読むことの基礎を学ぶことが、文学という科目がこの時期にある意義だと教えてもらった。私はこうした先生方の思いも踏まえつつ、授業計画を練っていった。

看護専門学校の先生方は、自身も看護の臨床を経験してきて、次世代の看護師育成のための教育に転じた人々である。確かな臨床の経験に基づいて、言葉を見つけたり、言葉を整理したりすることの重要性を理解していたのだろう。こうしてくださいという方向づけはせず、看護の道に進もうとしている人にとってなぜ文学が必要なのかがよくわかる説明から、私は静かだが確かな熱意を受けとった。看護の臨床に携わる人たちに向けて、少しでも、文学を学んでよかったと思ってもらえる授業にしようと思った。そこで、「看護と文学」という副題をつけたシラバスをつくり、私は授業準備を進めていった。

この準備が大変だった。トラウマと関連した研究はしていたものの、看護についての知識はほとんどない。看護学に関連する本を多く読み、看護の臨床の現場についての記録やノンフィクションも読んだ。先生方に話を聴かせてもらったりもした。こうした準備の中で、私は看護の技術や技法についての具体的な実践や知見を知った。また、看護することを社会の中に位置づけて自分たちの使命について確認したり、生命への畏敬や倫理について体系的に知識が積み重ねられていることなど、私が想像していたよりも遥かに広く深い視点がそこにはあった。看護臨床に携わるのではない私に何ができるのか。たどりついたのは、「看護にとって文学とは何か?」を考えることだった。

この問いは、看護と文学について考えるさい、多くの人が持つ問いであろう。看護にとって文学がどう役に立つのか、何ができるのかといった実践的な問いでもあり、文学について学ぶことで、看護をより理解する助けになればとの思いも込めた。看護師になろうとしている学生に、何か少しでも臨床に向かうときのヒントになる言葉を伝えることができたら。そう思った。授業では、「看護にとって文学とは何か?」という主題からはじまり、病と語り、優生思想、ハンセン病、障害者運動、ディスアビリティ、当事者研究、自助グループ、ケア、トラウマ、生命倫理、終末期医療などさまざまなトピックについて話した。数多くの作家や作品をとりあげた。

教えていると思っていたが、学ぶことの連続であった。

受講者の学生たちは看護実習を経験している。内科、外科、精神科、小児科など、各診療科をまわりながら、さまざまなことを学んでくる。ホスピスでの実習をしている人や、患者の死を経験してきた人も多い。自分が患者さんの死とどう向きあうかといった問題について、現在進行形で直面している人たちの臨床経験に基づいた文学への理解は、私が及ばぬほど深いものがたくさんあった。

ナイチンゲール『看護覚え書』

看護と文学をつないで教え学ぶとき、驚きに満ちた発見をくれたのがナイチンゲールの言葉であった。ナイチンゲールの主著『看護覚え書』にはさまざまな訳が出ているが、私が読んだのは、『看護覚え書――看護であること看護でないこと』（湯槇ます・薄井坦子・小玉香津子・田村眞・小南吉彦訳、現代社）であった。現在の最新版は二〇二三年に刊行された第8版である。この本を読みはじめて、翻訳の仕方そのものに私は興味を惹かれた。改訳第7版で「nurse」という言葉を「看護婦」から「看護師」へと訳しなおしたというのである。たしかに、ナイチンゲールの原著では、その時代背景もあるのだが、家庭において看護を担う人、看護師になる人は女性として捉えられている。だが、現代において看護を担う人は、当然ながら、ジェンダーによらない。歴史的記述を踏まえつつの改訳、注釈を示した翻訳の大事さを改めて感じた。

さて、この『看護覚え書』には、いくつもの注目すべき言葉があるのだが、まず、看護とは何かの説明に大きくうなずいた。ナイチンゲールは次のように書いている。

私はほかに良い言葉がないので看護という言葉を使う。看護とはこれまで、せいぜい薬を服《の》ませたり湿布剤を貼ったりすること、その程度の意味に限られてきている。しかし、看護とは、新鮮な空気、陽光、暖かさ、清潔さ、静かさなどを適切に整え、これらを活かして用いること、また食事内容を適切に選択し適切に与えること――こういったことのすべてを、患者の生命力の消耗を最小にするように整えること、を意味すべきである。

（『看護覚え書　第8版』、一四〜一五頁）

この本を読むまでに持っていた、私の看護のイメージは、ナイチンゲールも書いているように、病や傷に対処するための諸々の処置を行うことだった。病や傷への対処はその痛みや苦しみを取り除くものなので、重要であることは間違いないが、ナイチンゲールがいう看護は医療的な処置とまったく同じというわけではない。ナイチンゲールがここでいおうとしているのは、ある人の生を養い、その生が続いてゆくための環境を整えることの重要さだと私は理解した。『看護覚え書』で、ナイチンゲールは、「新鮮な空気、陽光、暖かさ、清潔さ、静かさなどを適切に整え、これらを活かして用いること、また食事内容を適切に選択し適切に与えること」をどのように行えばよいのかを具体的に書いている。窓の開け閉めといった事柄から病院の施設設計や管理にいたるまで、本当に詳細な記述が続く。空気の入れ換えができなかったり、陽の光が入らなかったり、寒かったり、物音がしたり。そうした住居や病院においては、病に冒されたり、衰弱したりした人々は、本来の生命力の発露による回復過程を阻害される。ナイチンゲールは、「病気」を回復の過程の中に置いて、生きることの総体のひとつの現象として理解し、この回復過程がスムーズに進むよう、不備をなくし、回復を助ける環境を調整することを看護の重要な主題として捉えたのである。こうしてみると、生を養うということの基本がナイチンゲールの本には書かれているように思えてくる。私は看護から多くのことを学ぶ。

たとえば、風邪を引きそうなとき、私はナイチンゲールの言葉を思い出し、その考えについて理解しようとする。薄着をしたり、冷たいものを飲みすぎて体を冷やしたり、何かひやっとした感じがすることがある。明確に風邪とわかるわけではないが、普段はとれているバランスが何か崩れそうな気配がする。悪寒というよりも少し手前の寒気に何ができるか。もう一枚、服を羽織るだとか、カイロを首にあてるだとか、温かいものを飲むだとか、布団の中に入って眠るだとか、わずかな変化に注意深くなって、環境を整えたり、手当てすることを私たちの多くは毎日しているのではないだろうか。セルフ・ケアという言葉があるとおり、自分を看護するときにも、ナイチンゲールの言葉は役に立つ。

ナイチンゲールの言葉を読み返し、次第に自分の中に落とし込んでいったとき、他者の看護について責任を持ってそれを行うときの「ヒント」として書かれたこの本の言葉が、具体的な手触りを持ってきたのである。先に書いておくと、ナイチンゲールは、他者への注意力を養い、回復過程を見ながら、他者が生きられる環境をつくるにはどうしたらいいか問い、看護する人が自らその答えを考えて行動できるようになるための「ヒント」として、『看護覚え書』を書いた。

自分自身はけっして感じたことのない他人の感情のただなかへ自己を投入する能力を、これほど必要とする仕事はほかに存在しないのである。

（『看護覚え書　第8版』、二二七頁）

セルフ・ネグレクトをしてきて、あとになって応急処置をするというのが私の基本的な人生の姿勢だったが、ナイチンゲールの言葉と出会い、自分が生きられるようにいろんなものを整えるのが大事だということがわかるようになってきた。空気の入れ換えをする。日光にあたる。寒いときには何か着たり、毛布をかける。夜は寝る。ごはんは食べる。そういったことを私は自分にしてこなかった。ナイチンゲールが書いていることの意味が自分の心の奥底で理解できたのは、看護の世界を知ったことの大きな効用だった。私は、自分の体調や環境を整えることを意識しながら、生きるようになった。他者とのかかわりにおいてもこのことは大事にしている。他者への注意力をどれほどもって生きられるか知ること。それも生を養う重要な一部である。

自分や周囲を観察できること、細かな調整ができるようになること、行動すべき瞬間とすべきではない瞬間を見わけられること、心地よい状態を持続でき、自分なりにこれらが実現するように工夫してゆくこと。看護から学んだことは多い。

ケアすることの重要性

今回まとめていることは、看護と文学（あるいは看護と文学研究）を重ねたり、つなげながら、私が看護専門学校で教えた四年間、考えてきたことである。看護、文学、養生を、私という個人が、三つともに同時に行ってみた記録は、生きるヒントや養生する言葉の手がかりになるかもしれない。看護と文学は、当然、違いがありながらも、互いの知恵を共有できる。何よりも日常生活における実践では、これらが分かち難く結びついている。私は、ここで、ケア、研究、実践といったことが個人のなかでどう折り重なっているのかを書いてみたい。生きること、ケアすることの基礎についてもナイチンゲールは書いているように思う。

看護師のまさに基本は、患者が何を感じているかを、患者に辛い思いをさせて言わせることなく、患者の表情に現われるあらゆる変化から読みとることができることなのである。

（『看護覚え書　第8版』、二二七頁）

ところで看護師は、これと同じように、患者の顔に現われるあらゆる変化、姿勢や態度のあらゆる変化、声の変化のすべてについて、その意味を理解《すべき》なのである。また看護師は、これらのことについて、自分ほどよく理解している者はほかにはいないと確信が持てるようになるまで、これらについて探るべきなのである。

(『看護覚え書　第8版』、二二八頁)

ナイチンゲールがここでいおうとしているのは、微細なもの、本当に些細な変化に気がついて、何かを患者が訴える労力(生命力を消耗させるようなこと)なしに読みとることの重要性である。たとえば、患者の様子を注意深く観察し、窓を開けるとか、閉めるとかができるようになることである。自分自身についても、他者との関係においても、この調整ができるようになると、だいぶ、心地よさが出てくる。

これをしようとするとき、ひと呼吸おいて、自分や周囲を観察できることも大事だろう。誰が何をして、どう動いているのか、それをよく見る。意外な動きもあるだろうし、予測できないことも多くあるだろう。それらをもらすことなく静かに見つめる。よく観察してみると、実はこういう形だったのか、こういう音だったのかと気がつくこともある。自分の枠組みだけで見ていると気がつけないことも多い。細部が見えつつ、全体を見渡せるというのができたらよい。

文学に引きつけていうと、細部の表現を詳細に分析しながら、その細部が物語の全体をどう構成しているか、それを同時に検討できることにつながる。細部の記録や描写の分析と全体像の把握、それぞれの方法を自分なりに持てるといい。細部か全体かのどちらかのみだと、木を見て森を見ずにも、森を見て木を見ずにもなってしまう。

こうして慎重に観察できるようになれば、行動すべき瞬間と待つべき瞬間を見きわめられるようになる。何かの行動をするとき、とくに相手がいる場合など、間合いや呼吸を見きわめることは大事である。最善のときに放った言葉は相手に届きやすい。何か行動するときにも、注意を払って、このときだというのを見きわめる。そのときを待つこともひとつの重要な行動である。『看護覚え書』の「おせっかいな励ましと忠告」という章で、ナイチンゲールは、「病人」を前にして、「悦びをもたらすような話題」、「たった一時間でも気分転換をもたらすような話題」を提供することを私たちは忘れてしまうことがあると書いている。相手が欲するものを的確に知るには、相手について記憶していること、変わってゆくたびにそれを更新することが必要なのだと思う。そうして得られるのが、ひとりよがりでも、押しつけでもなく、心がほぐれる瞬間である。

つまり、これらを言い換えると、過不足なく調和させることといえるのではないか。適切なぶんを適切な方法で、調整できるようになるということだ。ナイチンゲールは、「食事内容を適切に選択し適切に与えること」の重要性についても書いているが、過不足なく調和させることと、力の消耗を抑えて、力の使いどころと抑えどころを知ってゆくのはとても大事だ。休む時間をとれるようになる。休む技術を知ったり、自分の人生や毎日の時間の配分を整えてみるのは養生に有効であるだろう。

この連載をはじめたときに手がかりにした神田橋條治の『心身養生のコツ』の中で、神田橋は、「正しいか誤りか」、「「正・誤」の仕分け」をする「論」には「ひやり」とする、のびのびとしたフィーリングの世界である「物語」が好きだと書いている。それは、自分の心の近くにちょっと置く「ヒント」、つまり、「コツ」である。ナイチンゲールもまた、『看護覚え書』の「はじめに」で、「看護することを教えるための手引書《マニュアル》」ではなく、「考え方のヒント」であるといっていることも興味深い。

神田橋は、「養生のコツ」の「大切」な「基本」は、「「気持ちがいい・悪い」という感じをつかんで、その感じですべてを判定すること」と書く。私にとって、この最たるものは、自分の心の中でしっくりとこない、心地よく感じられない言葉は使わないということである。そうは思っていないのに多くの人がそういっているから使うとか、自分が納得していない言葉を使うと消耗する。私は自分の心から出た言葉を使うという方向に舵を切った。暴言とか好き勝手をいうのとはまったく違うし、無責任な言葉をいうのでもない。私は、心の底で納得し、十年後、二十年後、自分の死後に読んだ人に受けとってもらえる言葉を探してゆこうと思う。そのとき、自分自身が納得して使っているのではない言葉、検討していない言葉は聴いている人にすぐにわかってしまう。同時代の言葉を受けとりながらも、そうして受けとめた言葉を個の表現としてつくりなおしてゆく。私はこの過程を養生する言葉を見つけることを通じてやっているように思う。

もう一つ付け加えると、今の時代、ナイチンゲールの「看護は犠牲行為であってはなりません。人生の最高の喜びのひとつであるべきです」(『ナイチンゲール著作集　第三巻』湯槇ます監修、薄井坦子・小玉香津子・田村真・金子道子・鳥海美恵子・小南吉彦編訳、現代社、一九七七年、四三一頁）という言葉がますます大事になってくる。ナイチンゲールは看護をする人々が休むことの重要性やセルフ・ケア、地位の向上や賃金の安定についても書いた人なのである。私は、ケアについて書いている多くの論者が一致しているように、この大変な時代だからこそ、ケアが基礎になるように社会をつくってゆくのがよいと思う。ケアとは重荷を押しつけあうことでは決してない。私たちが生きるうえで必要な養生のすべてを指す言葉なのだ。

自分の養生の体系をつくる

こうして、いくつかにわけて振り返ってみると、看護、文学、養生がないまぜになって、私の一生をつくっている。これを読んでいる人も、自分が触れてきた、生を養う言葉をヒントとして用いて、自分の人生に役に立つように養生の体系をつくって、そのあとも、整えつづけてほしい。整えるというと、完璧な整理整頓をしないとと思うかもしれないが、緩やかにのんびりと捉えればよい。自分でわかり、使いやすい養生の言葉や方法を持つことがポイントだ。ひとりひとりが自分の回復過程にかかわり、生きる。看護や医療の手助けを受けながらも、養生の主体でいられるようになればいい。

本当に自分にあった養生を探して、それで何とかあなたに生きてほしいと思うのだ。自分の養生の体系をつくるために、役立つと思うものを寄せ集め、つぎはぎし、よくわからない道具箱となっても、それはそれでよいのだと思う。

この社会の設計がマジョリティにあわせてつくられている以上、何かを考えたり、養生する言葉すら、マイノリティである私はつくりなおしてゆかなければならない。だから、一年間、養生する言葉について書いてきて、私は開きなおった。それらの概念や文化が生まれた歴史には敬意を払い、しっかりと調べる。けれども、使えるものを全部使って生き抜くしかない。それくらい過酷な時代と状況なのである。ひとつでもヒントとなる言葉が増えたらいい。そのままでは使えなかったら、これまでに出会ったさまざまなものをアレンジしたり、DIYして、自分用の形にして、養生する言葉をつくってほしい。誰に見せるでもない自由な形でよい。私の言葉を受けとめた誰かもまた、自分の養生する言葉を見出してくれることを願っている。『養生する言葉』というこの本が、そのひとつのヒントになったらうれしい。

大江健三郎は、二〇〇二年に、聖路加看護学会で、「看護と文学」を主題とした会が開かれた際、「語る人、看護する人」という講演を行なっている。私が看護専門学校での授業の副題を「看護と文学」としたのは大江の影響もあってのことだ。大江は、「語る人、看護する人」の中で次のように話している。

私は、若いナースの方たちが、〔引用者注：事例を〕「物語り風に記述する」時にですね、自分にも、患者の方やその家族にも、また医師の方たちにも、「実際に物語るように

> して」それを書き、その上で幾度も書きなおしてみるということが、おそらく有効だろう、と作家の経験から申します。そしてその上で、「同僚」たちの好意的なフィードバックがあれば、効果はさらに大きいのじゃないかと想像します。
>
> （大江健三郎『「話して考える《シンク・トーク》」と「書いて考える《シンク・ライト》」』集英社文庫、二〇〇七年、二〇二頁）

「看護と文学」について、大江は、文学的な理論や看護学の知見を踏まえたうえで、小説家としての経験から書きなおしをしてみるという方法を提案している。私は、このことが、細部を丁寧に見つめながら、総体や全体像を把握する「注意力の訓練」になっていると思う。そして、何よりも、「同僚」といえるような人たちとの「協同」があってはじめて、私たちは養生する言葉をつくってゆける。

看護にとって文学とは何か？

今、そう問われたら、文学を学ぶことは注意力の訓練になると私は答える。そして、また、自己と他者、自己と社会、自己と世界といったものの総体を知ることができるとも答えるだろう。細部と総体の両方を見る練習が文学にはできる。そして、それを他者と共有する言葉にできると私は答える。そうした実践の中で、抑圧が発生するような縦の関係ではなくて、傍らに立ち、一緒に歩くことができる水平の関係を築けたとき、私たちは自分たちの苦しみを話し、そこで共有した知恵を未来に贈ることができる。「養生する言葉」を見つける営みは、そのような同時代の協同であり、時代を超えた伝達を含むのである。

14

他者の世界を聴く

「経験に基づいてできている直感を、信じて揺るがない」（田村恵子の言葉）

最終回で、どなたかに取材して書いてみるのはどうですかと編集部から提案してもらった。すぐに名前をあげたのが、看護専門学校で文学を教えていたとき、NHKのドキュメンタリー「プロフェッショナル　仕事の流儀」のDVDを見て知った田村恵子さんだった。

田村恵子さんは、一九八七年から二七年間、淀川キリスト教病院のホスピス緩和ケアに携わり、がん看護専門看護師の第一人者として知られている。また、スピリチュアルペインとそのケアを中心にして、現象学と看護を接続した研究を続けてきた研究者でもある。二〇二三年まで京都大学で教えているあいだも、臨床の現場に携わり、後進の育成を続けてきた。現在は、大阪歯科大学で大学院看護学研究科の立ちあげにかかわっておられる。臨床、研究、教育という点から、田村さんは、がん看護、緩和ケア、ホスピスケアの領域でたくさんの仕事を続けてきた。

二〇二四年五月一九日、京都駅近くで、田村さんにお話をうかがう機会をいただいた。まさか引き受けてくださるとは思わず、本当にうれしい気持ちだった。同行してくれた編集者の方と待っていると、田村さんが現れた。はじめましてなのに、柔らかな笑顔を見ていると、久しぶりに会ったかのような感じになったのが不思議だった。数え切れない回数、映像で見てきたからかもしれないが、田村さんは懐かしさを感じさせる人だった。NHKの番組で、「プロフェッショナル」とは何かと問われて答えた田村さんの言葉がずっと私の人生の指針になってきた。

私の中のこれまでの経験に基づいてできている直感を、信じて揺るがないこと。そして、相手の方の力をそれ以上に信じてあきらめない、そういう人だというふうに思います。

（『プロフェッショナル　仕事の流儀　希望は、必ず見つかる　がん看護専門看護師　田村恵子の仕事』NHKエンタープライズ、二〇〇九年）

経験というのがどれだけ大事か。養われた直感は、たしかな手ごたえを持って、他者に伝わる。自分の仕事に意味はあるのだろうかと心が折れてしまうとき、私は田村さんの言葉を思い出す。書くことは孤独な作業だ。だが、孤独だから、他者の声を聴くことができるときがある。私が向きあっているのは、言語という他者であり、他者が書いたり、語っている言葉である。他者の声を聴くことが私の仕事なのだと最近よく思う。

田村さんの言葉は、読んだり、書いたりするときの指針にもなってきた。心の傷と言葉で向きあうことを、私は自分の人生の仕事として選んだ。その向きあい方や存在の仕方そのものについて、田村さんから教えていただいた気がする。たくさんの質問を用意して、田村さんの本も持参したが、自分が質問したことをはるかに超える豊かな言葉が返ってきた。田村さんと話したことをもとにして、この本のしめくくりとしたい。

スピリチュアルペイン、スピリチュアルケアとは何か

田村さんに訊ねたいことはいくつもあったのだが、そのひとつが、田村さんが専門にしている、スピリチュアルペインとスピリチュアルケアについてだった。スピリチュアルという言葉そのものが捉えにくいといわれることもある。たしかにこの言葉は多義的であるが、自己が生きている存在の意味や価値観などにかかわり、自分を超えたものに生かされている感覚や、自分を支えるこの世を超えたもののことを指している言葉だと私は理解した。宗教や信仰と繋がることも多いし、実際に、スピリチュアルについて考えるとき、宗教や信仰はとても大事なものだ。けれども、それに加えて、スピリチュアルという言葉は、人生の意味や目的、生きがいや平穏、支え、自分を超えて広がる時間や世界のなかに、自分が位置づけられているという感覚と繋がっているように思う。

私は、田村さんと話しはじめるまで、やはり、ずっと自分のことを考えていたのだ。養生する言葉が見つかったらいいなと。けれども、田村さんにお話を聴きはじめて、たやすく自分の

養生に引きつけていい話などではないと感じるようになった。田村さんの話の中で、どれだけ多くの患者さんが、「生きたい」という声を発してきたのかということに及んだとき、自分が「養生する言葉」の前身になっているエッセイを「わたしはいつも死にたかった」とはじめたことを思い出した。双極性の波のとき、この気持ちはどうしても自分をとらえてはなさない。けれども、私は身体の回復の見込みがなくなり、死を間近にしている状態にこれまで置かれたことがない。死が近づいたとき、人は何を思うのか。それぞれの人によって違うだろう。けれども、自分を支えるものがもう何もなくなって、見捨てられたように感じている患者さんが多いことも、田村さんのドキュメンタリーで見ていた。生きたいと願う声を聴いても、人の力ではどうしようもない無力さと向きあうことにもなる。ホスピスケア、緩和ケアの仕事は、この「生きたい」という言葉にどう反応するのかということだ。そのスピリットの奥深くで自分の生を肯定し、納得できるまで話すこと。これが田村さんの仕事なのだ。

自分の生は無意味なのではないか、もう、自分には何もないという痛み、この世界に存在していることそのものが揺らぐときの痛みをスピリチュアルペインという。田村さんの話を聴きながら、死が間近にある患者さんの経験のことをじっと考えた。自分という存在がこの世界から消滅すると考えることの恐ろしさ。これはとても苦しいことである。私は、死について考えるのをずっと忌避してきた。死に支配されて、いつも死にたかったが、死とは自分にとって何か、考えるのを避けてきた。だから、「わたしはいつも死にたかった」という言葉が、今は、自分の居場所をこの世から失いそうになった私の存在の叫び声のように聴こえてならない。希死念慮という言葉が広く知られているが、この世に居場所がない虚無感、人生に意味を見出せない無意味感、自分が根底から否定され、消えるしかないという思いを、「死にたい」という言葉でしか私は表現しえなかったように思う。この世に生きる意味や支えを失っているという苦痛や苦悩をどう表現し、どう生きてゆけばいいのか。私はそれを「死」という言葉で表現してしまったが、田村さんが話してくれた患者さんたちの姿を前に自分の思慮の浅さを思った。

田村さんに会う前に読んだ本の中で知った「全人的苦痛（total pain: トータルペイン）」という概念が鍵になるかもしれない。現代のホスピスの基礎を築いたシシリー・ソンダースが提唱した「全人的苦痛」には、身体的苦痛、精神的苦痛、社会的な問題、そして、スピリチュアルな苦悩が含まれる。それらを別々に存在するものと捉えるのではなく、総体として捉えてケアをするのがソンダースのいう全人的なケアなのだろう。『系統看護学講座　別巻　緩和ケア第3版』（恒藤暁・田村恵子編、医学書院、二〇二〇年）で田村さんも言及しているのだが、ソンダースは、自分の患者さんに痛みについて訊ねたときに返ってきた言葉を書き記しており、その言葉が、「全人的苦痛」とそのケアについてよく表している。ソンダースは、その患者さんの言葉は、「ケア」における「四つの主たるニード」であるという。

彼女はこう言ったのである。「先生、痛みは背中から始まったんですけど、今では私のどこもかしこもが悪いみたいなんです」。彼女はいくつかの症状について説明し、こう続けた。「夫と息子はよくできた人たちですが、仕事があるので、ここにいようと思えば、仕事を休まなければならず、そんなことをしていては貯金も底をついてしまいます。飲み薬や注射が必要だって叫べばよかったのですが、それはしてはいけないことだとはわかっていました。何もかもが私に敵対しているようで、誰からも理解されていない感じでした」。そして、次の言葉を口にする前に、少し沈黙した。「でも、もう一度穏やかに感じることができて、とても幸せです」。それ以上質問するまでもなく、彼女は自らの体のつらさと同様心のつらさについて、そして社会的問題ややすらぎを求めるスピリチュアルなニードについて語っていたのである。

（『シシリー・ソンダース初期論文集1958―1966：トータルペイン　緩和ケアの源流をもとめて』小森康永編訳、北大路書房、二〇一七年、五八～五九頁）

この箇所には、患者である「彼女」が訴える、身体的苦痛、精神的苦痛、社会的な問題、スピリチュアルな苦悩が、どれかひとつを切り離したり、切りとったりできないかたちで現れている。「背中」の痛みからはじまり、心理的な葛藤、経済的な負担という社会的要因、そして、「誰からも理解されていない」ような孤独感をも言い表している。これらはひとりの人のなかにわかちがたく生じている苦痛、苦悩である。この患者さんが「穏やか」さを感じられたのは、どれかひとつではなく、全人的苦痛を総合的にケアするニードにたどりつくことができたからであろう。

私は、トラウマを負う経験が、多くの場合、死に直面するような出来事であることを改めて思い出した。私は、性暴力を受けるのと同時に背中に刃物を突きつけられていて、一時間くらいだと思うが、死と隣りあわせだった。幻の刃物が今も背中に突きつけられているように思うことがある。それがトラウマ的な記憶として凍りついて、繰り返し自分を襲ってくる。自分の根底にある無価値感はこのときにかたちづくられ、その後も、痛みや苦悩として影響を受けているように思う。私は、身体、精神、社会的な苦にくわえ、この世に居場所がほしかった。

しかし、私はトランスする経験をしたことがある女性なので、社会に居場所がない感覚がある。この世に居場所がなければ、別の場所を探さなければならない。社会のなかにもっと、トランスジェンダーの人々の居場所があれば、はるかに苦しみは少なかっただろう。けれども、私の人生の大半で自分を支えるものがなかった。

ホスピスケアで重ねられてきた概念とトラウマをそのままつなぐことができないことは先にも述べたが、無意味、無価値、空虚といった苦痛や苦悩と向きあうとき、スピリチュアルな領域について考えることが改めて重要だと私は感じている。トラウマケアの領域、心的外傷後成長やレジリエンスにおいても、スピリチュアルな支えの重要性については言及されてきたが、自分自身が納得できるかたちで生の意味や支えの問題が大事だと感じたのは今回の田村さんとの対話がはじめてだった。

田村さんと話していると、本当に死というのが遠い出来事ではないことがわかる。死について話すことは生を養うことと矛盾しない。養生について書いてきて、私は死の問題を遠くに追いやろうとしてきたことに気がついた。けれども、死について考えることは、どう生きるかを考えることにほかならないのだ。

『余命18日をどう生きるか』（朝日新聞出版、二〇一〇年）などの著書でも田村さんは、「「自分の死」を深く考え」ることの重要さについて書いている。田村さんの本では、人のなかの「スピリットの部分」とは、「人生の意味をどのように感じられるのか？・」というところと通じており、生きるなかで悩みながらも、自分はどういう人であり、どういう価値観を持っており、どう生きたいか、どのようなアイデンティティなのかをかたちづくる力を持つ部分だと説明されている。「人間はそれぞれ意味のある存在」であり、そうして生きてほしいという願いがスピリチュアルケアには含まれている。

性暴力を受けることとは、その暴力のさなかから、他者というか、この世界への信頼がどんどんなくなって、減じていく体験である。世界は自分を傷つけるものだという感情や信念を、加害者から叩きつけられ、そのような価値観を無理やり教え込まれる経験だといってよいのかもしれない。それはその後の人生にも影響する。私は人生が継続するという感覚を持てないままこれまで三〇年以上、生きてきた。性暴力は自分の境界を壊されることであり、自分の存在を濫用されることであり、性暴力を受けているあいだに、自分の生の意味や価値を奪われ、価値がないものという観念を植え込まれてゆく経験であった。私の魂や意味は決して消えることなく不滅であるのに、加害者は私に意味がないと教え込む。加害者が植えつけた「お前は価値がない、お前は自分として生きられない」という価値観（呪い）を解きほどき、その鎖をふりはらうのにどれだけの時間がかかることか。

今の社会では、「死にたい」という言葉が多用され、私もその言葉を用いてきたのだが、その根底にある苦痛や苦悩、傷つけられた暴力について知る必要がある。死について考える機会がほとんどなく、「死」について知らないから、この言葉しかないと思い込まされる。苦痛や苦悩の表現が貧しいと、自分の苦しみを嘆けない。「死」にしか救いがないように思えてしまう。だが、「死」だけが非常口になる社会は危うい。避難所や逃げ場所があって、加害者の側が変わらないといけないということが共有されたらいい。何よりも、その人の生の支えになるものが人生の最初から最後までしっかりとあり、生き切ることのイメージができる社会であればいい。

他者の生き方に触れる

田村さんからホスピスケアの実践を聴いたとき、「生きたい」と望む患者さんの話があった。死を前にした患者さんたちが「生きたい」というときのスピリチュアルペイン、スピリチュアルケアの話に私は自分の考えが一八〇度転回してゆく気持ちがした。死への恐怖があるそのなかで、「生きたい」と願う。傍らにいて、田村さんはどれほど多くの患者さんの生を支えてきたのだろう。私は自分自身の問題に引きつけて考えていたところから、田村さんのホスピスケアの実践にぐっと近づきながら話を聴くようになった。

「希望はその人が見つける」

田村さんと話すなかで印象に残った言葉のひとつだ。自分が希望をあげるといった考えではなく、患者さんのほうから、こんなことがしたいという希望が出てくるようにケアする。何が希望か尋ねないで一生懸命になると、その親切は暴力にすらなりうると田村さんはいう。聴くことを通じて、人を信じてもいいという関係をつくってゆくことがホスピスケアでは重要なのだと感じた。患者さんたちは、人生の意味や目的などそれまで大切にしてきたものを喪失しそうになっている。身体の活動や、明日あるいは次の瞬間の不確実性も生じるだろうし、家族など周りにいる人への負担を気に病むこともある。希望をなくして、死への恐怖を感じてもいるだろう。そうした全人的苦痛を緩和し、最期まで寄り添い続ける。これがホスピスマインドであるのだろう。田村さんはどのようにしてこの実践をしてきたのか？

田村さんは、「患者さんがどのようにして世界を生きているのか、その世界について知りたい」という。近年、ますます、他者理解が大切だといわれるが、自分が相手を「わかる」というとき、あくまでも、私の側の認識に引きよせて他者を理解していることがある。田村さんは、現象学を学んできた人でもあるので、他者の一人称の世界を知ろうとしてきたのではないだろうか？　他者がどんなふうに考え、どんなふうに世界を見ているのか、そして、その人の観点からどういうふうに世界を捉えているのか？　このことはなかなか知るのが難しい。けれども、その人がどういう人なのか知るとき、相手の希望が何なのかを知ろうとするとき、とても大事な視点である。「わたしはわたし、あなたはあなた」というバウンダリー（境界）を意識しながらも、対話を続ける。すると相手が一人称で自分の世界について話してくれることがある。がん看護専門看護師としての経験、ホスピスケアを行ってきた経験から、田村さんは相手の世界を聴くことを学び、考え抜いてきたのだと思った。聴くことの実践によって相手は心を開いてゆく。

田村さんは、『新装版　また逢えるといいね――ホスピスナースのひとりごと』（学研メディカル秀潤社、二〇一二年）のなかで、「O氏」という卵巣がんでホスピスに入院していた四〇代の女性の話を書いている。田村さんは、O氏の看護が上手く行かない状態にあり悩んでいたが、ある日、O氏から「あなたには、私の気持ちなんてわからないわよ！」と告げられる。怒りの感情に驚いたが、黙ってその気持ちを聴いたという。泣きはじめるO氏。それも黙って受けとめる。この時間の緊張感はどれほどのものかと思う。だが、翌日、O氏のベッドサイドへ行くと、O氏は、「私、まだ死にたくない。助けて！」と田村さんの手をしっかりとつかんだ。そのとき、O氏の気持ちが伝わり、田村さんは、O氏の手をもう一方の手で包みこんだ。田村さんは、その経験について、次のように書く。

O氏との出会いから、まず相手が語ることを私の価値観をはさまずに聴くこと、相手が話したいと思うことを聴くこと、それがなによりも大切ではないかと思うようになりました。

ケアの出発点は〝聴く〟ことにこそあると、私は考えています。

（『新装版　また逢えるといいね』、五八頁）

私は、聴くことについて考えるとき、この場面を繰り返し思い出す。今回、お話しするなかで、田村さんは本当にたくさん私にも質問をして、話を聴いてくれた。田村さんの問いはどれも相手を知りたいという好奇心にあふれていた。

「わからへんからこそ、聴きたい」

田村さんは、そう言った。三、四歳の子どもがなぜと問うような好奇心があるともおっしゃった。会話が、次々につながり、広がってゆく。こんなにも、私のことを知ろうとしてくれる人がいるという経験はなかなかない。自分がここに存在し、ここに生きていてよかったと、私は思った。相手の世界を知りたいというのは、それを無理にわかった気になることではない。そうではなくて、心の底から相手と向きあい、生き方に触れるということなのだ。

田村さんの問いかたも印象に残っている。田村さんの問いは、相手に向けて、あなたを知りたい、あなたの世界がとても大事なものだという気持ちを隠さずに示す。同時に、その内容はとても的確で、答える側の私が、まさにこの問いを自分は自分に問いたかったのだと思うものばかりだった。しかし、あらかじめ答えを誘導するようなところはない。ひとつの答えを求めているのでもない。質問した相手が何かを考え、自分で自分の答えを見出すような問いなのだ。自分の答えを見つけるのにかなり考えるのだが、その問いは、難しすぎたり、簡単すぎたりせず、答えが出たときに不思議な達成感が繰り返しえられる。心理学者のミハイ・チクセントミハイは、時が過ぎるのを忘れるほど何かに集中し、没入している状態をフロー体験と呼んだ。フロー体験が対話のなかで起きてゆくような感覚がした。対話に没頭し、自分の課題に、自分でも思いもよらなかったことも含めて、自分で答えていく。田村さんの問いはまさに対話をするうちに問われた側も自分の世界を知ってゆき、こんな自分がいたのかと気がつく体験であった。そして、その発見が心を自由にしてゆく。

田村さんが相手の世界を知りたい、生き方に触れたいというとき、それは一方的な理解ではない。問い、聴き、答え、フィードバックするという繰り返しのなかで、相手の価値観や世界が現れる。「私がいろんな人の人生を生きているような感じがする」と田村さんは話してくれたが、田村さんが無心になって問うことなしにこの境地はえられないだろう。対話をしているあいだ、本当に自分のわからなかったことが埋まってゆく感じがした。

もう一度、生きはじめる

「パズルみたいに、最後のピースがはまったとき、この人がわかる」

田村さんのその言葉は、問うことで相手の世界を知ってゆく実践そのものだった。私は自分のことで手一杯の人生だったが、去年、心の底から自分の周りにいる人たちのことが知りたいと思った。誰もが何と豊かな世界を生きているのだろう。そのことにようやく気がついたのだ。人生のなかでブランクが多くて、研究をはじめたのも人より遅い。急いで生きてきた。急ぐことで、見過ごしたものがたくさんあった。「養生する言葉」の連載をするなかで一番うれしかったのは、誰かと一緒にいるのは喜びなのだとわかったことかもしれない。これまでたくさんの人と出会ってきて、楽しい思い出がたくさんある。しかし、家に帰ると、自分は楽しんではいけない人間なのだと思った。でも、今になって、自分のペースで、そして、相手のペースで一緒にいていいのだということを私ははじめて知った。そんなふうに隣にいてくれた人が、実はたくさんいたことに気がついた。何の目的もなく川べりを一緒に歩くとか、海辺の公園でぼんやりするとか、好きなものについて話したり、映画を見たり、ゲームをしたり、お茶を飲んだり。それらすべてが実現することに驚きつつ、今を噛みしめている。だからこそ、こうした日常を壊す暴力や戦争、虐殺に私は絶対反対する。

もうひとつ、印象に残ったのは、「そんなん考えてるんや」という田村さんの言葉。私も田村さんも関西出身なので、この言葉のニュアンスがよくわかる。そうやったんやね、そんなん考えて生きてたんやねと、相手の世界に触れたとき、はじめて他者の世界が立ち現れる。そうすると相手との関係性が生まれる。田村さんが現象学と出会うきっかけになったという哲学者の鷲田清一さんは、ホスピスケアにおいて田村さんに大きな影響を与えてきた、内科・精神科医でホスピス・緩和ケアのパイオニアである柏木哲夫さんとの対談で、「傷」、「トラウマ」についても次のように話している。

そう考えてくると、傷を癒す行為は、こういう場合はこうしましょうという「現在」の行為であるよりも、むしろある時間の流れのなかで、人と人の関わりのなかでじわりと起こってくるものであって、「私は癒されました」と言えるのは、自分の傷との関わり方が変わってしまったということに気づいたときなんでしょうね。今までは自分の傷にこのようにしか関われなかったのに、ある過程で誰かと一緒に〝癒し癒される〟ような関係をもっているあいだに、ふと気がつくと、その傷との関わり方が今までと違うようになっている。そのように感じるときに、カタルシスというか、「癒された」という気分になることは、あるんじゃないでしょうか。

（柏木哲夫×鷲田清一「癒しの諸相」『気持ちのいい話？　鷲田清一対談集』思潮社、二〇〇一年、一六二頁）

この連載で一年あまり生を養う言葉を探してきて出会ったのは、傷との関わり方の変化だった。そして、それに気づかせてくれる人たちがこれまでにもいたことを改めて感じ、思い出した。その出会いはすべてかけがえがないものだった。

田村さんと三時間話した最後に温かいコーヒーとお茶をおかわりして飲みながら、話が深いところへいきついた。帰りぎわになっていたのに、私は思わず、「死」に取り憑かれることがある、死にたいと思うことがあると話してしまった。そう言った私に、田村さんが、「それは私がいやだ」と応えた。「死んではいけない」とか、「生きなければならない」ではなくて、「私がいやだ」という言葉に自分のなかの重荷が一気に軽くなるような思いがした。私があなたに生きてほしい。こう言えるのはなまなかなことではない。本当に相手の生きる力を信じたときにしか言えない言葉だ。田村さんは、最後に、「次も来てね。約束」と笑顔になる。田村さんの言葉は、私にとって希望であり、私の支えになる。まぎれもなくこれは養生する言葉だ。この連載の最後が、こうして、生きること、もう一度、生きはじめることに繫がったのに驚いた。

おわりに

二〇二三年三月、『群像』の「論点」というコーナーにこの連載の原点になった「養生する言葉」を発表した。その文章は、「わたしはいつも死にたかった」という言葉ではじまっていた。

連載をしていた一年あまりをかけて、私は、自分の生が崩れそうになるとき、生きづらさに苦しむとき、自分の背中を支えてくれる言葉、その言葉から力をもらって、今を生きられるようなヒントを探してきた。私がたどり着いたのは、生老病死のすべてを受けとめ、生き切るという生のありようだった。私たちは、絶えまなく変化し、別れと出会いを繰り返す。苦悩とともにこの生を生きる。長い道のり、長い旅の途中にいて、毎日の生活のなかで生を養ってゆく。そのありようを全部描こうと思った。

トラウマの治療をしはじめてから二年。

私が見つけたのは、「怖かった」という言葉だった。

一二歳のとき、性暴力にあって、そのあいだ、刃物を突きつけられていた。死ぬかもしれないと私は思った。本当に怖かった。私は、その感情をずっと感じないようにしてきたし、言わないようにしてきた。性暴力の被害から三〇年以上が経って、この本の「おわりに」を書いている今、私は、ようやく、「怖かった」という感情にたどり着いた。今年の夏休み、「怖くてしかたがなかった」とカウンセリングで大泣きし、家に帰っても大泣きした。何ということが起こったんだ、本当に怖かったと、私はようやく言えるようになった。

トラウマの影響力は強くて、飲み込まれそうになることも多い。けれども、この一年、苦しいときは休んでいいこと、養生して、自分を大切にして生きていいということを学んできた。

私は、陽が射したリビングの窓の下の光と影の移り変わるさまを見ながら、お茶を啜る憩いを人生ではじめて知った。自分が大好きだったものについて話しあい、お互いの人生を尊重できる人たちと出会ったり、再会することもできた。こうした日々の生活の中の光が自分を生かしてくれることがある。私は、今この瞬間に生きていることが、それだけで素晴らしいという感情を知った。過去を過去にする過程は今も続いている。

実は、『群像』の連載が終わってから、EMDR（眼球運動による脱感作と再処理法）による治療を受けたりしたので、一冊の本にまとめている現在も、自分が以前とは違う人生を生きているのがわかる。何よりもよかったのは、背中にべったりとくっついていた加害者の気配が薄れてきたことだ。三〇年以上ものあいだ、私は、加害者にも何か事情があったのだろうと、加害者をかばい続けてきた自分に気がついた。自分の人生でありながら、加害者に支配されていた。この発見をしていったのが、「養生する言葉」を書いていた二〇二三年から二〇二四年だった。

自分を大切にし、生きていることを確かめる。

そうしているうちに、ほかの誰かが生きていることが光り輝いて見えるようになった。ひとりひとりの生があって、この世界が何と豊かであるのかがようやくわかってきた。だからこそ、この日常が奪われてはならないものであること。人は差別されないで、平等に生きる権利を持っているということ。虐殺や戦争でその生が失われてはいけないこと。そのための努力をしつづけることが必要だと改めて決意した。養生することはいつも社会的なことである。生を繋ぐインフラや制度、法律などが十分になければ、誰も生きてゆくことができない。

この本はあなたが生きてゆくとき、何かヒントになる本であればいい。そして、どうか、自分がこれだと思う養生する言葉をたくさん見つけてほしい。そして、見つけた自分をほめてあげてほしい。その言葉に気がついたこと、生きている自分。かけがえのないものをかけがえがないと認めて笑ってほしい。気恥ずかしさや戸惑いをふり捨てて、今、この時を、季節が移ることや何でもない生活の中の喜びを味わってほしい。

私は、生きること、養生することについて書くとき、生きられない状態にある人がいることを忘れないでいようと思っている。そのことを忘れた養生は暴力にすらなると思うから。

私は養生する言葉を自分が生きるための言葉として捉えていた。けれども、この本の最後にこう書きたい。共に生きる世界をつくり、その世界を養う言葉こそが養生する言葉なのだと。

私はそんな言葉を見つけるために生きてみたいと思っている。

二〇二四年一二月　岩川ありさ

初　出

第1章：『群像』2023年3月号（論点「養生する言葉」）

第2章〜第14章：『群像』2023年7月号〜2024年1月号、3月号〜8月号

（連載「養生する言葉」）

書籍化にあたり、加筆修正をおこないました。

「はじめに」「おわりに」は書き下ろしです。

装幀・装画
鈴木千佳子

岩川ありさ

いわかわ・ありさ

1980年、兵庫県生まれ。
早稲田大学文学学術院准教授。
東京大学大学院総合文化研究科
言語情報科学専攻博士課程修了。博士（学術）。
専攻は現代日本文学、フェミニズム、
クィア批評、トラウマ研究。
著書に『物語とトラウマ　クィア・
フェミニズム批評の可能性』
（青土社）がある。

養《よう》生《じょう》する言《こと》葉《ば》

2025年2月12日　第1刷発行

著者／岩《いわ》川《かわ》ありさ

発行者／篠木和久

発行所／株式会社講談社

〒112-8001　東京都文京区音羽2-12-21

電話：出版　03-5395-3504

販売　03-5395-5817　業務　03-5395-3615

印刷所／ TOPPAN株式会社

製本所／株式会社国宝社

ISBN 978-4-06-538445-9

KODANSHA